地狱变

[日] 芥川龙之介 著

王星星 译

北京联合出版公司
Beijing United Publishing Co.,Ltd.

只 为 优 质 阅 读

好
读
Goodreads

目录

地狱变

001

蛛丝

043

橘子

051

偷盗

059

龙
141

往生绘卷
157

竹林中
167

六宫公主
183

地狱变

一

　　堀川的大人如许人物，莫说以往，恐怕后世再也出不来第二个了。据传这位大人出生前，他母亲曾在梦里得见大威德明王显灵。说白了，大人生来便非常人，因此所行之事无一不出乎我等意料。总之，看大人堀川的宅邸，宏伟豪华至极，怎么都不是我们这些凡夫俗子所能想象的。也有一些人对此议论纷纷，以秦始皇、隋炀帝作比大人的品行，这些人的揣测便如古语所说，有如盲人摸象。大人绝非他们所想的那般，一心追寻自己的荣华富贵。他是顾念百姓，有与天下同乐的宏大器量的。

　　所以，哪怕撞上二条大宫的百鬼夜行，对大人而言也无甚影响。就连因拟造陆奥盐釜而扬名在外，传说夜间会在东三条河原院现身的左大臣源融之灵，受了大人的呵斥，想必也要消散不见。大人如此威风凛凛，因此当时京都城里的男女老少，提起大人都是尊崇有加，简直把他当成神明在世，也绝非毫无来由。有一回，大人参加完宫里的赏梅宴回家，拉车的牛半途中挣开车套，好巧不巧，撞上了路过的老人。就在那种情况下，老人还双手合十，说能被大人的牛撞到，真是感恩戴德。

因着这些，大人一生中留下了众多足以流传后世的奇闻谈资。他曾在皇家宴会上赠予宾客三十匹白马，让宠爱的小童建造长良桥时站在桥桩上，让传播华佗之术的震旦僧人为自己治疗腿伤——凡此种种，实在数不胜数。然而这众多逸闻中，论起可怕，恐怕没有哪一件及得上大人家中如今的镇宅之宝——地狱变屏风图的由来。就是见惯了世面的大人，当时也不免大吃一惊，至于我们这些侍奉在大人身边的人，不消说，更是吓得魂飞魄散。我侍奉大人二十余载，都没见过那样惨烈的景象。

不过，在讲这段往事之前，必得先说说画师良秀，地狱变屏风图就是出自他的笔下。

二

提起良秀，时至今日，应该还有人记得他。那时的良秀声名远扬，人们都说，论起提笔作画，无人能出其右。那件事发生的时候，良秀应该年近五十了吧。他看着不打眼，就是个瘦到皮包骨，不好相与的矮个子老头，来大人府上的时候，经常穿丁香色狩衣，戴一顶软乌帽。良秀为人唯唯诺诺，嘴唇不知为何红得鲜艳，一点也不像上了年纪的人，看着倒像可怕的野兽。有人说，那是因为他常舔画笔，嘴上就沾了红，不知是不是这么回事。还有人嘴下更不留情，说良秀的行为举止和猴子一个样，就给他起了个绰号叫猿秀。

哎呀，说到猿秀，还有这么个故事。当时，良秀十五岁的独生女儿正选在大人府上当小侍女，这姑娘温柔可爱，半点也不像她那个亲生父亲。大概是因为母亲早逝，她生来体贴懂事得很，早熟伶俐，做事细心周到，不像年轻人似的莽莽撞撞，包括夫人在内，所有女眷都很喜欢她。

某次不知因何机缘，丹波国有人给大人敬献了一只驯养好的猴子，正当顽劣年纪的少爷给猴子起名叫良秀。那只猴子本就长得怪模怪样，又被起了这样的名字，府里上上下下就没有不哄笑的。单单是哄笑倒也罢了，每次见猴子爬到院里的松树上啦，弄脏少爷房里的地垫啦，大家都觉得好玩，"良秀、良秀"地唤那猴子，存心作弄它。

有一天，先前提到的良秀女儿拿着系了信件的寒梅枝，走上长长的走廊。就在这时,小猴子良秀好像扭伤了脚似的,完全看不出往日爬上爬下的活力,拖着跛脚从远处的拉门里一瘸一拐地奔逃过来。少爷挥着树枝,一边喊着"偷橘子的小贼,站住,站住!",一边追着猴子赶了上来。良秀女儿看到此景,犹豫了片刻。猴子恰在此时跑到她身边,揪着她的下摆,嘴里哀啼连连——大概是一下子抑制不住怜爱之心,良秀女儿一只手举起寒梅枝,另一只手轻轻拂开紫匀①色衣袖,小心地抱起猴子,在少爷面前微弯下腰,从容不迫地说:"请您恕我冒昧,它只是个畜生,还请您饶了它吧。"

少爷刚气势汹汹地赶上来,听良秀女儿如此一说,不免面露难色,跺了两三下脚,边跺脚边问:

"为什么要包庇这猴子,它偷了橘子呢!"

"毕竟只是个畜生……"

良秀女儿又把同样的话重复了一遍。不多时,她露出个清冷的微笑,像是终于下定了决心一般,开口道:

"再说它也叫良秀。总让我觉得好像受到责骂的是父亲一样,实在无法视而不见。"话都说到了这个份儿上,少爷也只好让步。

---

①紫匀:叠穿服饰呈现的色调名称。表层为紫色,里层为淡紫。

"好吧！既然是为父亲求情，我就勉为其难放了它吧！"

少爷不情不愿地说完，便丢了树枝，朝原先出来的那道拉门走回去了。

三

自此，良秀女儿与小猴子便亲近了起来。姑娘把公主送的金铃铛用漂亮的红绳子穿起来，给猴子戴在脖子上。猴子不管发生什么，也总是紧跟在姑娘身边。有时，姑娘觉得像要感冒，卧床休息的时候，猴子也规规矩矩地坐在她枕边，面上似乎显出不安之色，频频咬爪。

奇异的是，自此以后，再没有人像先前那样欺负小猴子了。大家反倒越来越喜欢它。最后，连少爷都会时不时地给小猴子投喂柿子啦，栗子啦，非但如此，听说要是哪个侍从踢了猴子，少爷还会大发雷霆。后来，大人特意叫良秀女儿抱着猴子前来觐见，好像也是因为听说了少爷为猴子生气的事。如此，自然也就顺带着知晓了良秀女儿疼爱猴子的缘故吧。

"真是个孝顺的姑娘，值得奖赏。"

于是，大人便赏了良秀女儿一件红色的中衣。没想到猴子也有模有样地学着良秀女儿的动作,恭恭敬敬地双手捧起衣服领赏致谢,逗得大人越发心情大好。所以说,大人偏爱良秀女儿,完全是因为欣赏她疼爱小猴子的拳拳孝心,绝非世人所传垂涎她的美色。当然,这样的谣言也算事出有因,这个到后头再慢慢细说好了。总之,我先声明,不管是多美的女人,大人也不会对画师之家的女儿生出什么别样的心思。

良秀女儿在大人面前挣足了脸,但她本就是个聪明伶俐的姑娘,因此也没引来其他粗使女侍的嫉恨。自那之后,她反倒和猴子一样备受大家喜爱,甚至时刻随侍公主左右,公主外出参加祭典的时候,也缺不了她的陪伴。

良秀女儿的故事暂放一边,先讲讲她的父亲良秀吧。猴子良秀没多久就得到了众人的喜爱,可真正的良秀还是遭人嫌,背地里依然被人唤作猿秀。不止大人府上的人如此,其实连横川的僧都大人,一听到良秀的名号,也会像遇到魔障一样脸色大变,厌恶不已。(不过,有人说这是因为良秀曾经作画讽刺僧都大人的行止,但那到底只是坊间谣传,应该做不得真。)总之,良秀的风评,无论找谁打听,差不多都是这个样子。要说还有谁不说他坏话,了不起也就他的三两个画师朋友,要么就是那些只知其画,不识其人的人了吧。

说实在的,良秀不只长相粗鄙,品性更是差劲,不得人心，所以落得众人如此对待，也只能说是咎由自取。

四

要说良秀的品性，那就是小气、刻薄、不知廉耻、懒惰、贪得无厌——哎呀，其中尤其过分的一点，大概就是他傲慢无礼，常常表现得趾高气扬，仿佛在标榜自己是本国第一画师一样。若仅仅于绘画一道如此倒也罢了，可世上的诸般习俗、规矩，只要他瞧不上，必要拿来作践一番。一个长年师从良秀学画的弟子讲过这样一个故事，说是某天，在某位大人家中，有个怨灵附在那有名的桧垣巫女身上，说出了可怕的诅咒。然而就连那个时候，良秀都充耳不闻，反倒就着手边的笔墨，细致地画出了巫女可怕的模样。想来在他眼里，怨灵作祟也只是骗骗小孩子的把戏吧。

良秀就是这样一个人，以至于画作里多是种种糟践神佛的仿造，画吉祥天女的时候，他给天女安上一张不入流的木偶脸；画不动明王的时候，他拿恶棍地痞当参照。别人责问，他就装腔作势："我良秀画的神佛，要是能给我降灾，那才怪了。"至此，连弟子们都哑然失语，当中不乏匆匆请辞之人，想来应是害怕将来遭天谴吧——一句话说，他就是个自命不凡的人，总觉得天底下他最了不起。

如此，良秀在绘画一道上有多么自命不凡，想来已无须多言了吧。就连他笔下的画作，无论从笔法还是色彩，都与其他画师截然不同。因此，与他交恶的画师当中，批评他邪魔外道的大有人在。据他们说，川成①、金冈②等往昔名家，笔下所绘之物多传为美谈，要么是画里的梅花每逢月夜暗香浮动啦，要么是屏风图里传出了公卿的吹笛声啦，可一说到良秀的画，流传出来的必定只有那些惊悚、怪异的点评。比如，他画在龙盖寺寺门上的五趣生死图，传说深夜从门下走过时能听到天人叹息啦，啜泣声啦，甚至还有人说闻到了死尸逐渐腐臭的味道。还有他奉大人之命，给女眷们画的肖像图，据说凡是被画上去的，不出三年都得了失魂症，香消玉殒。照那些批评的人讲，这便最能证明良秀的画作堕入了邪道。

如我先前所说，他本就是个蛮不讲理的人，所以听了这话，反倒扬扬得意。就连有一次，大人开他玩笑，说"我看你就是喜欢丑陋的东西"时，良秀也咧开那张不合年纪的红唇，轻轻一笑，瘆人得很，边笑边傲慢地说："正是如此。那些肤

---

①川成：平安时代初期的画家百济川成，被称"画师之祖"。
②金冈：平安时代初期画家巨势金冈，首创巨势派，在其活跃时期有"画坛第一人"之称。

浅的画师根本不懂丑中之美。"就算他是本国第一画师吧，可怎么敢在大人面前如此口出狂言呢。难怪先前提到的弟子们私下里给他起了个诨名，叫"智罗永寿"，讽刺他的倨傲。您各位知道什么是"智罗永寿"吧，这是过去从震旦过来的天狗的名字。

不过，就是这样一个良秀——这样刁横至极，让人不知说什么才好的良秀，唯独还在一个地方保留了普通人的温情。

五

那便是，良秀对他当小侍女的独生女儿简直疼爱到离奇的地步。我先前说了，他女儿也是个极其温柔孝顺的姑娘，可他对女儿的爱绝不下于女儿对他的爱。无论哪座寺庙劝捐，他从不肯布施半个子儿，可要换作女儿的衣裳、发饰，他就毫不吝惜钱财，给女儿置办得齐全周到，简直像换了个人似的。

不过，良秀只是疼爱女儿，根本没想过要给女儿找个好夫婿。非但如此，要是有人胆敢向他女儿求爱，他还会雇一帮地痞流氓，把求爱的人暗地里打一顿。所以，当女儿因大人意旨升为府上侍女时，这老头也大为不满，即便当时对着大人，脸色也臭到了极点。说大人被良秀女儿的美貌打动，不顾当父母的反对，硬要召人入府的流言，大概就是从当时目睹了此情此景的人那里传出去的吧。

不过，即便流言为假，一心疼爱女儿的良秀始终盼着女儿离府却是不争的事实。有一次，他奉大人之命画文殊菩萨的幼年像，照旧找了大人宠爱的童子临摹，画得很好，大人也非常满意，难得开了恩典："你想要什么赏赐，尽管说。"

良秀闻言，略做思考，直愣愣地说："请您放我女儿走吧。"这要在别家府上就不说了，他女儿侍奉的可是堀川的皇亲贵族，就是再怎么宠女儿，像这样冒冒失失地提出请辞要求，放到哪里都找不出这样的人吧。宽宏大量的大人也像被扫了兴，只一言不发地盯着良秀，过了一阵才开口说："不行。"

说完这句，立马起身离去了。这样的事前前后后发生了得有四五次吧！现在想想，大人看良秀的眼神，就是在良秀一次次的冲撞中渐渐冰冷下来的。大概是因为担心父亲的安危吧，良秀女儿回到侍女房后，常常紧咬衣袖，抽抽搭搭地哭泣。于是大人爱慕良秀女儿的流言越传越开。还有人说，地狱变屏风图得以画成，其实就是因为良秀女儿不肯顺了大人的意，这种事当然纯属子虚乌有了。

在我看来，大人不放良秀女儿离府，完全是因为怜悯她的处境。大人心善，想着让她待在那样顽固不化的父亲身边，还不如把她安置在府上，让她过得自在些。那姑娘性情温善，大人肯定是偏爱她的，可要说是贪图她的美色，恐怕就牵强附会了。不，应该说，那根本就是没谱的瞎话。

总之，就因为这些事，大人对良秀的印象已经十分不好了。就在这个时候，大人不知为何突然召见良秀，命他画一幅地狱变屏风图。

六

一说起这地狱变屏风图，画面里的恐怖景象好像已经栩栩如生地浮现在我眼前。

同样画地狱，良秀的画从布局就与其他画师不同。他在屏风的小小角落里画上十殿阎罗及臣属，而后便是一大片红莲业火，大火呼啸翻卷，似要烧尽刀山剑树一般。唐人模样的判官身上的衣裳除了点点青黄，便只看得见熊熊火光之色，泼墨画就的滚滚黑烟和金粉撒出的火星呈"卍"字形，在当中乱飞狂舞。

单单如此景象就已经够骇人了，更别提画上遭烈火焚烧，翻来滚去的罪人们，几乎还没有一个能在平常所见的地狱图里看到。这是为何呢？原来良秀笔下的众多罪人，上至公卿贵族，下至乞丐夜叉，什么身份的人都有。峨冠博带的近臣、衣衫繁复的贵女、挂着念珠的念佛僧、脚踩高齿木屐的侍学生、身穿细长①的女童、挥舞神幡的阴阳师——若要一一细数，那简直怎么都算不过来。总之，形形色色的人卷在火光烟尘里，遭受牛头马面的酷刑，就像大风吹散的落叶一样，乱哄哄地奔逃在四面八方。一个女人头发搅在钢叉上，手脚蜷缩得比蜘蛛还厉害，应该是巫女什么的吧；一个男人被短矛当胸穿透，像蝙蝠一样头脚倒挂，想必是哪个庸碌无为的地方官吧。此外，还有被铁鞭打的，被千人拉的磐石碾磨的，被怪鸟叼在喙上的，被恶龙咬在嘴里的。各人的刑罚都不重样，数不清究竟有多少种。

然而，这其中尤其骇人的一幕，还得数那辆牛车。牛车自半空坠落而来，一半都戳在有如兽齿的刀树树顶（刀树的梢头也堆满了累累亡魂，身体被利刃扎穿）上。地狱的风吹起车帘，里面是一个身穿华服、形似妃嫔的女子。女子的一头黑发飞散在火中，莹白的脖子后仰，痛苦地挣扎着。女子的模样，

---

① 细长：一种公卿服饰，幼年到少年时期穿着，因使人显得身形细长而得名"细长"。

熊熊燃烧的牛车，无一不让人体会到炎热地狱的非人折磨。可以说，整幅画面的恐怖之处，全都集中在这一个人物身上。这情景如此出神入化，简直能让看到的人不自觉地听到凄厉的惨叫。

啊，我要讲的就是这个，就为画这幅画，才出了那件骇人听闻的事。否则良秀就是翻了天，也画不出那么活灵活现的地狱惨象啊。为了完成这幅画，他付出了惨痛的代价，连命都丢了。说起来，这幅画里的地狱，就是本国第一画师良秀终有一天要去的地方……

我太急着讲那幅珍贵的地狱变屏风图，好像把故事顺序给说反了。那接下来还是继续说良秀奉大人之命画地狱变屏风图的事吧。

七

那之后的五六个月里，良秀成天对着屏风，再没去大人府上拜访了。那么疼女儿的一个人，一到作画的时候，就连女儿的面也不见了，这不是很奇怪吗？据我先前提到的那名弟子所说，良秀一旦动笔作画，就完全像被狐狸附身了一样。哎呀，其实当时就有风传，说良秀之所以在画道上扬名，是因为他向福德大神起过誓，证据便是良秀作画的时候，只要躲在暗处偷瞧，必定能看到影影绰绰的灵狐在他前后左右围作一团。所以他一拿起画笔，除了把画画完以外，其他什么都抛到脑后去了。他不分白天黑夜地关在屋子里，连太阳光都见不到——特别是在画地狱变屏风图的时候，更是浑然忘我。

就是大白天里，良秀也紧闭门窗，要么就着烛台的光调秘不外传的颜料，要么让弟子们穿上水干、狩衣之类的各种服饰，一个个地仔细描摹——我要说的还不是这个。像这样的怪异举动，但凡要作画，哪怕不是画地狱变屏风图，那也是常有的事。说起来，为龙盖寺画五趣生死图的时候，他就曾走到一般人避之唯恐不及的路边死尸面前，悠然自得地弯下身子，分毫不差地临摹死尸烂了一半的脸和手脚。那这个浑然忘我是怎么个忘我法呢，应该也有人不是很清楚吧。眼下没时间一一细说，拣主要的来说，大概是这么一回事。

某日，良秀的一名弟子（前面提到过的）正调着颜料，就见师父急匆匆地走过来说："我准备睡会儿午觉，可这段时间老做噩梦。"

说的也不是什么稀奇事，弟子就没有停下手上的活，只应和了一句"是吗"。然而良秀却露出前所未有的落寞神色，客客气气地拜托弟子："我想请你在我睡午觉的时候坐在我枕边。"

弟子闻言十分惊讶，从没见师父这么害怕做噩梦，不过本来也没什么麻烦的，于是一口应承下来。良秀仍然一副忧心忡忡的样子，犹豫着嘱咐道："那你快进屋吧，再有其他弟子过来，也不要放他们进我睡觉的地方。"

这里说的屋子，便是良秀作画的房间。那天，房间照旧门窗紧闭，就像入夜了一样。明明灭灭的灯火中，除了炭笔画出的构图外空无一物的屏风立在地上，围成个圆圈。良秀走到这里，很快就枕着胳膊进入了梦乡，简直像累坏了似的。可还不到半个时辰，弟子耳朵里就传来良秀飘忽不定、令人毛骨悚然的声音。

八

一开始，良秀发出的只是没有意义的声音，过了一会儿，声音渐渐连成断断续续的话语，就像溺水的人闷在水里哼唧一样。

"什么，让我过去啊——哪里——去哪里？去地狱，去炎热地狱——谁，谁在说话？你是谁——是谁呢？"

调着颜料的弟子不由自主地停下手上的动作，胆战心惊地窥探师父的面色，只见良秀皱纹密布的脸一片煞白，渗出豆大的汗珠，唇干齿疏的嘴巴喘气似的大张着，里面好像有个什么东西被线拽着一样，动个不停，可不就是良秀的舌头嘛。断断续续的话当然是从舌头上发出来的。

"是谁呢——哦，是你啊。我就觉得是你。什么，你是来接我的？来吧，到地狱来吧。地狱——我女儿在地狱等我呢。"

当时，弟子看到奇形怪状的朦胧影子掠过屏风，一团团地涌了下来，顿时毛骨悚然。不消说，他立刻使劲摇醒了师父，可师父依旧沉浸在梦中，还在继续自言自语，没有醒转的迹象。弟子于是把心一横，提起身旁的洗笔水，哗啦一下全泼在师父脸上。

"她在等你，坐上这辆车吧——坐上这辆车，到地狱去吧——"水泼在脸上的同时，这句话随即转为一声喉咙里挤出来的悲吟，良秀终于睁开眼睛，像被针扎了似的一下弹起身，然而梦里的怪物似乎还盘桓在眼前，他眼神流露出惊恐，依然大张着嘴，目光虚无地凝视半空。过了一会儿，他才如梦初醒一般，冷淡地命令弟子："行了，你走吧。"

这种时候要是胆敢忤逆，往往会遭良秀一通训斥，弟子于是匆匆离开了良秀的屋子。据那弟子说，他看到屋外明亮的阳光时，感觉自己好似从噩梦中醒过来一样，大大松了口气。

这次的事倒也罢了，约莫一个月后，良秀又特意喊另一个弟子进屋，昏暗的油灯下，他照旧咬着画笔，而后突然转向弟子："辛苦你把衣服全脱了，像上次一样。"

毕竟是师父的吩咐，弟子虽不解其意，但还是三下五除二脱了个精光，良秀意味不明地皱起眉头："我想看看人被锁链捆住的样子，不好意思，你能照我说的保持一阵子吗？"

话虽如此，他却一点也没觉得过意不去，语气冷淡得很。这名弟子是个身材魁梧的年轻人，比起画笔，看着倒更适合拿刀，听到师父如此说，不免吃了一惊。直到后来，一提起这件事，他还常说："我还以为师父发了疯，想杀死我呢。"却说那时，良秀见弟子磨磨蹭蹭，一下失去了耐心，不知从哪儿哗啦哗啦拖出根细铁链，飞扑到弟子背后，强行拧起弟子的两只胳膊，缠了个结结实实，而后毫不留情，拽着铁链一头使劲拉紧。弟子被这股力道一撞，轰然滚倒在地。

九

弟子的模样活像只打翻了的酒坛子。他的手脚都被残忍地弯折起来，全身上下能活动的地方只剩个脖子。他肥胖的躯体被锁链缠着,血液不流通,面上、身上涨得通红。然而良秀却视若无睹,只在弟子酒坛子似的身体边踱来踱去,观察弟子的模样,临摹了好几幅画作出来。其间,身体被捆死的弟子有多难受,想来不必赘述了吧。

倘若没起变故,那弟子恐怕还要继续吃这样的大苦头呢。幸好(或许该说是不幸吧)没多久,一道黑油似的东西自屋角的罐子投下的暗影里蜿蜒而出。刚开始,那东西动得缓慢,好像粘在地上一样,渐渐地,它滑动得越来越顺畅,不一会儿就溜到弟子鼻尖前,冷光凛凛,弟子不由得长吸口气,连连惨呼:

"蛇啊——蛇啊——"一瞬间,他全身的血好像都冻住了一样,这也情有可原,毕竟那蛇眼看着就要舔到他被锁链勒紧的脖子上去了。饶是刁横如良秀,也被这出乎意料的变故吓了一跳。他慌忙扔下画笔,弯下身,一下揪住蛇尾,把蛇倒提了起来。蛇吊在良秀手上,依然昂起头,身体紧紧缠作一团,却怎么都够不到良秀的手。

"就因为你,毁了我最后一笔,可惜了。"

良秀懊恼地嘟囔了这么一句,径直把蛇丢进屋角的罐子里,而后不情不愿地解开弟子身上的锁链。对着遭受惊吓的弟子,他连一句安慰的话都没有。想来比起弟子被蛇吃了,写生毁了一笔更让他愤恨难平吧——后来听说，这条蛇也是他为了写生特意饲养的。

听完这些，各位想必也大概知道良秀对绘画的痴迷有多反常、多惊悚了吧。最后再讲一件事，良秀有个十三四岁的弟子，说起来，他也因为地狱变屏风图遭遇了可怕的变故，还差点因此丧命。这名弟子生来肤白，貌若女子，一天晚上，他如往常一般被师父叫到屋里，只见灯盏下，良秀手捧一坨腥肉，正在喂一只奇形怪状的鸟。鸟的个头差不多有猫那么大，不光个头，两边伸出去的长羽，又圆又大的琥珀色眼睛，怎么看都像只猫一样。

十

良秀这人原本就很不喜欢外人对自己的行为指指点点，先前提到的蛇就是如此，房间里有什么，他从不知会弟子一声。于是，桌子上有时冒出个骷髅，有时摆放着银碗、描金漆盘，尽是些意想不到的东西，全看他当时在画什么画。然而，这些东西平时究竟归置在哪儿，也没人能说出个所以然。人们风传良秀得了福德大神的荫庇，有部分原因也是来源于此。

弟子于是心想，桌上那只奇形怪状的鸟想必也是用来画地狱变屏风图的。他这么想着，毕恭毕敬地走到师父面前，谦卑地问："您有什么吩咐？"良秀恍若未闻，舔舔红彤彤的嘴唇，下巴朝鸟那边点了一下：

"如何？驯得不错吧？"

"这是什么动物？我以前从没见过呢。"

弟子说着，不大适应地盯着这只长有耳朵，像猫一样的鸟。良秀照旧操着惯常的嘲讽语气说：

"你竟没见过？城里长大的就这点不好。这是两三天前鞍马的猎户送来的，叫猫头鹰。驯到这么熟的怕是没多少。"

良秀说着缓缓抬起手，自下而上轻轻抚弄起恰好吃完肉的猫头鹰的后背。就在此时，那怪鸟突然尖厉地短啼一声，呼啦一下从桌上飞起来，张开双爪，冷不防冲到弟子面前。当时，若非弟子急忙举起衣袖，遮住脸面，肯定就被挠出一两道伤口了。弟子"啊"的一声，扬起衣袖驱赶怪鸟，猫头鹰就着居高临下的架势，尖啸着又是一记——弟子忘了师父还在面前，一下起身防卫，一下坐立驱赶，不知不觉间绕着狭小的屋子逃窜起来。怪鸟也随之忽高忽低地飞在空中，一瞅准空隙，就朝着弟子的眼睛飞扑过去。猫头鹰呼啦啦地大力扇动翅膀，每扇一次，就带起一阵怪模怪样的味道，也不知是落叶、瀑布飞沫还是猴子贮藏的果实发酵后的酸腐气，恶心极了。弟子后来也说，他当时孤立无助，感觉幽暗的火光就像朦胧的月光，师父的屋子也变成了深山里妖气弥漫的山谷。

弟子恐惧的根本不是被猫头鹰袭击这一件事。应该说，更让他毛骨悚然的，是师父良秀冷淡地旁观弟子的处境，徐徐展开画纸，舔舔画笔，临摹下了秀气的少年被怪鸟折磨的可怕景象。弟子说，他只看了一眼师父，就感到一股难以名状的恐惧，一时间甚至以为自己要因为师父而丢掉性命。

十一

其实，因良秀而丧命这种事也不是完全没有。良秀那晚特意叫弟子前去，好像就是为了教唆猫头鹰袭击弟子，然后画下弟子四处逃窜的样子。因此，弟子看了一眼师父的样子，当即不由得双手抱头，发出自己都不明其意的悲呼，蜷缩在屋角的拉门边一动不动。正在此时，良秀不知为何也惊呼一声，好像站起了身，猫头鹰扑腾翅膀的声音忽然更为猛烈，还能听到东西倒地破碎的尖厉声音。弟子也慌了神，不由得从衣袖下抬起头，只见周围不知何时已是漆黑一片，屋内回荡着师父焦急呼唤众弟子的声音。

不多时，一个弟子远远应了一声，而后提着油灯急匆匆地赶了过来。透过泛着煤油气的灯光看去，只见三角灯台倒在地上，灯油把地板和草垫浸湿了一大片，方才那只猫头鹰就在油淋淋的地上痛苦地扑棱着半边翅膀，四处乱滚。对面的桌边，良秀仍然半抬着身子，脸上露出难得的惊愕之色，嘴里嘟嘟囔囔的，不知在说些什么——这也难怪，原来一条乌黑的蛇紧紧盘在猫头鹰的身上，从脖子缠到一边的翅膀。估摸着是这弟子坐下去的时候，打翻了门边的罐子，里面的蛇爬了出来，猫头鹰贸然捉蛇，于是闹出了这样的动静。两名弟子面面相觑，一时间只茫然无措地看着这不可思议的一幕，片刻后才向师父默然行了一礼，悄摸退到屋外去了。那蛇和猫头鹰后来如何，已是无人知晓——

诸如此类的事情还有很多。我先前说过，良秀奉命画地狱变屏风图是在初秋时节，自那以后，直到冬末，弟子们一直饱受师父怪异之举的威胁。那年冬末，大概是在屏风上作画无法自由挥洒，良秀的脸色比从前更加阴郁，言谈举止眼看着也更加蛮横。还有屏风上的画，依然只画出了八成底稿，没看到什么新进展。不，应该说就连画好的这部分，很可能也要被他擦掉。

然而，在屏风上作画究竟有何束缚，却是无人清楚。又或者无人有意了解吧。因从前的种种遭遇吃够教训的弟子们，像是与虎狼关在同一个笼子一样，后来全都想方设法绕着师父走。

十二

因此，这期间就没什么值得特意拿出来说的事了。硬要说的话，估计也就是这个顽固的老头不知为何竟变得感情脆弱，时常在无人处独自哭泣这种事了。尤其是某日，一名弟子因有事在身，一个人走到庭前时，只见师父立在廊下，茫然眺望春色临近的天空，眼中泪水涟涟。见此，弟子反倒觉得不好意思，沉默着悄悄折返回去了。这个为了画五趣生死图，连路边的死尸都能临摹的傲慢男人，就因为屏风画无法如愿绘出而如孩童般哭泣落泪，难道不是十分反常吗？

话说良秀这边如此沉迷于构思屏风画，简直像失了神志之时，另一边的良秀女儿不知为何眼见着越来越忧郁，就连对着我们的时候都忍不住眼泛泪光。她本是个面含愁绪、肤色白皙、谦恭有礼的姑娘，这么一来，睫毛低垂，眼圈发黑，看着太凄凉了。刚开始，有人说是因为思念父亲啦，有人说是为情所困啦，多的是各种各样的臆测，不过渐渐地，开始有风声说是因为大人看上了良秀女儿，想逼她就范，自那以后，所有人都像一下子忘了这回事似的，再也没传过任何流言了。

恰巧就在这个时候，某天夜里，夜阑人静时分，我独自走过廊下时，猴子良秀不知从何处突然冲到我面前，一下下拉我的裙裤下摆。那是个梅香浮动、月光幽微的暖夜，透过月光看去，只见猴子龇着白生生的牙齿，鼻头皱起，发疯一般地尖声啼叫。一开始，我带着三分恐惧和新裙裤被猴子扯住而产生的七分气恼，想要一脚踢开猴子，径自走过去算了，然而一转念，想起从前那个责打猴子，结果惹得少爷不快的武士的遭遇，何况从猴子的表现来看，发生的应该还不是小事。于是，我也索性放弃挣扎，朝猴子拉扯的方向似走非走地迈开五六间①远。

在廊下拐了个弯，夜色中依然能看见微微泛白的池水在枝丫舒展的松树对面铺展开来，刚巧走到这个地方的时候，我听到附近哪间屋子里似乎有人在争吵，声音急促又隐秘，向我耳中袭来。四周一片静谧，在分不清是月光还是雾霭的笼罩下，能听到的只有鱼儿的跳水声，没有一丝人声。声音此时传来，令我不由自主地停下脚步。要是有贼人闯来，就给他点厉害瞧瞧。我这么想着，敛息悄悄走向声音所在的房间门外。

---

①间：长度单位，一间约合1.82米。

十三

然而猴子估计是嫌我太磨蹭了，在我脚边焦急地绕来跑去，绕完两三下，提起嗓子尖声啼叫，而后突然奋力一跳，几乎蹿上我肩头。我不由得后仰起脖子，免得被爪子抓到。猴子又紧紧攥住我的水干服衣袖，防止从我身上滑落下去——这时，我不知不觉地踉跄两三步，背对着拉门狠狠捶了捶自己。至此已容不得半点犹豫。我猛一下拉开门，就要冲进月光照不到的屋子深处，然而此时却被一个人影遮挡了视线——不，确切来说，是同一时间有个女人像根弹簧似的从屋子里蹿出来，吓我一跳。女人迎头冲过来，差点和我撞上，跌跌撞撞地跑了出来。不知怎么的，她跪在地上，气喘吁吁，身体打战，用像看恐怖怪物的眼神仰视着我的脸。

不消说，这就是良秀女儿。然而那天晚上，我眼中看到的她却像是完全换了个人。她的眼睛光彩照人，脸颊也烧得通红，裙裤和夹衣凌乱不堪，甚至给她增添了妩媚之感，同平常的纯真模样截然不同。这还是良秀那个柔柔弱弱，遇事保守谨慎的女儿吗——我靠在拉门旁，望着月光中良秀女儿的美丽模样，手指向另一个匆忙远去的脚步声，无言地用眼神询问那人是谁。

良秀女儿紧咬嘴唇,沉默着摇摇头,模样看着实在委屈。

我于是弯下身,凑到良秀女儿耳边小声问:"是谁?"可她依旧只是摇头,一个字也没说。这时,她长长的睫毛盈满泪珠,嘴唇咬得比方才更紧了。

我天生愚钝,除了明白到极点的事以外,其他什么事都悟不出来。因此,我当时也不知道该说什么,一时间只一动不动地站在原地,好像想听清良秀女儿的心跳一样。这其中还有个原因就是,我总觉得要是继续刨根问底,实在于心不忍。

不知道这样的情况持续了多长时间。总之过了一会儿,我关上大开的拉门,回看血气似乎褪下些许的良秀女儿,尽可能轻声细语地说:"回你房里去吧。"如此,我自己也像看到了什么不该看的东西一样,内心被一股不安侵袭,不知怎么的就觉得难为情,悄悄沿着来时的方向迈开步子。然而还没走出十步,裙裤下摆又不知被谁战战兢兢地从后头拉住了。我惊讶地转过头,想看对方究竟是何意。

转头一看,只见猴子良秀像人一样拱起双手,在我脚边一次次郑重地低头作揖,金铃铛随着它的动作叮当作响。

十四

自那晚的事情发生后,又过了约莫半个月。某天,良秀突然来到府上,请求直接面见大人。他虽然身份低微,但或许是平日里很得大人欣赏吧,不轻易会见任何人的大人那天也爽快地应允,即刻召见了良秀。良秀照例穿了件丁香色狩衣,戴顶软塌塌的乌帽子,脸色比以往任何时候都更难看。他就着这样的脸色恭恭敬敬地伏地而拜,片刻后,用嘶哑的嗓音说:

"早前您吩咐我画地狱变屏风图,我也日夜苦思冥想,如今执笔已见成效,画面初具雏形。"

"可喜可贺,如此一来我也觉得满意。"

然而说出这番话的大人,话音里却莫名地透出难以言喻的无力和颓丧。

"哪里,根本没什么可高兴的。"良秀看样子好像有些生气,始终垂着眼帘,"底稿是出来了,只是有个地方我现在画不出来。"

"嗯?画不出来?"

"正是。总而言之,没有亲眼看到,我就画不出来。就算勉强画出来也不满意,还是相当于画不出来。"

大人闻言，脸上浮现嘲讽般的微笑。

"那么，要画地狱变屏风图，非得亲眼看到地狱的景象咯？"

"正是如此。前些年发生大火灾的时候，我亲眼得见了犹如炎热地狱烈火的火舌。能画出'火焰身不动明王像'，其实也是因为遇上了那场大火的缘故。您知道那幅画吧？"

"那怎么画罪人呢，狱卒你也没见过吧？"大人好像根本没听进良秀的话，自顾自地问道。

"我看到过人被铁链锁住的样子，被怪鸟袭击的模样也已详细临摹下来。因此不能说不知晓罪人受苦的景象。至于狱卒——"说到这里，良秀露出难看的苦笑，"至于狱卒，半梦半醒间一次次映入我眼里，有时是牛头，有时是马面，有时是三头六臂，这些鬼影无声地拍着手，张着嘴，几乎每日每夜都来折磨我——我想画却画不出来的并不是这些东西。"

听到这些，即便是大人，应该也吓了一跳。一时间，大人只焦急地盯着良秀的脸，片刻后，大人凶狠地抖动眉毛，丢下一句话来：

"那你画不出来的是什么？"

十五

"我想在屏风正中画一辆从天而降的槟榔叶牛车。"良秀说完,这才锐利地盯住大人的脸。我早听说这人一说起画,就会陷入狂热,那时他眼里好像真的能看到骇人的疯狂。

"车里有一位娇艳的女官,黑发在烈火中乱飞,痛苦不堪。她的脸在黑烟里哭泣,蹙眉仰望车顶。她的手撕碎了车帘,或许是想挡住像雨一样降落的火星。十几二十几只怪模怪样的猛禽发出尖啸,绕着女子纷飞——啊,就是这车里的女子,我怎么都画不出来。"

"那要怎么办呢?"

不知为何,大人竟奇异地显出愉悦的样子,催促良秀继续说下去。良秀依旧鲜红的嘴唇就像发了烧,他颤动嘴唇,梦呓般重复道:

"怎么都画不出来。"而后突然横下心:

"我想请您准备一辆槟榔叶铺的牛车,当着我的面把它烧掉,如果可以的话——"

大人刚沉下脸,却又突然放声大笑,边笑边喘着气说:

"嗯,全按你说的办吧。可不可以的多说无益。"

听到大人的回答，或许是冥冥中的感应吧，我没来由地觉得一阵惊惧。实际上，大人当时的样子也非比寻常，嘴边攒着白沫，眉周像过电似的一跳一跳，完全像被疯子良秀传染了一样。大人稍稍暂停一下，马上又从喉咙里爆发出大笑，边笑边说：

"就烧了槟榔叶牛车吧，再让一个娇艳的女子穿上宫装，坐到牛车里去吧。在火焰和黑烟的围困下，车里的女子受尽折磨而死——你能想到画这样的场面，不愧是天下第一画师。要赏，要赏。"

良秀闻言，骤然血色尽失，只一味动着嘴，像喘不过气一样。片刻后，身体里的弦好像松缓过来了，他一下子双手伏地跪下，用低得不知能不能听清的声音郑重道谢："不胜感激。"大概是因为思虑已久的恐怖画面随同大人的话栩栩如生地浮现在眼前了吧。我这一生当中，只此一次觉得他是个可怜人。

十六

两三天后的一个夜晚，大人如约召见良秀，让良秀亲自看了烧槟榔叶牛车的地方。不过，地方没选在大人堀川的宅邸，而是过去大人的妹妹在京都城外住过的山庄，俗称雪融御所。

这个叫雪融御所的地方已经废弃许久，宽敞的庭院也丢在那儿没人管，荒凉至极。大概是看到这荒无人烟之地的人揣测出来的吧，总之大人逝世的妹妹身上有着种种传言，其中就有人说，每逢不见月亮的夜晚，一个穿着深红色裙裤的可疑身影就会飘在廊下漫步——也不是全然胡扯。这个地方大白天都冷冷清清的，一到傍晚，院子里的溪流声听起来尤为阴森，飞在星空下的夜鹭也恐怖得仿佛异形怪物。

那晚恰好没有月亮，黑漆漆的，透过大人房中的油灯灯影看去，坐在檐廊附近的大人上身穿浅黄色直衣，下身穿深紫色的立体绣花指贯，高高地盘腿坐在锦缎镶边的白色圆垫上。五六个人恭敬地围在大人前后左右，这就无须特意细说了。其中有个武士，只一双眼睛都显得非同一般，据说前些年在陆奥之战中为了果腹吃过人肉，自那以后变得力大无穷，甚至可以活生生地扯下鹿角。他里面穿着短盔，刀尖朝上反插在腰间，森严地跪在檐廊下——夜风中摇曳的灯光映出所有人或明或暗的脸，几乎分不清是真是幻，莫名地让人心里发怵。

拉到庭院里的槟榔叶牛车，高高的车顶静静撑住暗色，没有拴牛的黑色车辕斜抵在止车石上，五金件发出的黄光一闪一闪,像星星一样。看着这牛车,不知为何,明明已是春天,身体却没来由地感到一阵寒意。车里的光景被凸线锁边的蓝色斜纹布车帘遮得严严实实,不知放了什么进去。杂役们围在牛车四周,个个手拿烧得正旺的火把,一边留意着不让火烟飘到檐廊那边去,一边像是为着什么事守在车旁。

良秀离得稍远,恰好跪在檐廊正对面,他似乎照旧穿着一成不变的丁香色狩衣,头戴软塌塌的乌帽子,身躯像被沉甸甸的星空压住了似的,看起来比以往任何时候都更加矮小、寒碜。良秀身后还跪着一个同样装束的人,大概是他带过来的一名弟子吧。由于两人都遥遥地跪坐在一片昏暗当中,从我所在的檐廊下看过去,甚至都看不出他们身上狩衣的颜色。

十七

时辰应该将近午夜了吧。笼罩着庭院的暗夜悄悄吞没所有人声,好像在窥探我们的呼吸,当中只剩隐约的夜风吹拂声,每当夜风拂过,火把的黑烟都会随之送来煤油气味。大人沉默了一阵,一动不动地凝视着眼前不可思议的风景。片刻后,大人直起身子,锐利地唤了声"良秀"。

良秀好像回了句什么,然而传进我耳中的只有仿佛蚊蚋的哼唧声。

"良秀，今晚便如你所愿，烧车给你看。"

大人说完，斜睨了眼身旁的随从。当时，大人似乎与身旁的几个随从交换了一个意有所指的微笑，不过也可能是我的错觉。紧接着，良秀诚惶诚恐地抬起头，似乎朝檐廊上看了过来，然而终究什么也没说，静静等候在原地。

"好好看着，这是我平日乘坐的那辆车，你应该也有印象吧——我接下来就要点燃这辆车，让你亲眼看看炎热地狱是什么样子。"

大人止住话头，朝身边的人使了个眼色，然后突然愤愤地说："车里绑着个犯了事的女官。要是点燃牛车，那女人肯定会被烧得皮焦骨烂，受尽痛苦而死。你要画屏风图，这就是独一无二的绝佳示范。好好看看那雪白的皮肤是怎么烧烂的，黑发变成火星飞舞直上的景象也千万不要错过。"

大人三次张嘴又闭上，不知在想什么，这回只抖着肩，忍笑说道：

"这可是千世万世都看不到的奇观。我也留在这里长长见识吧。来，掀起车帘，让良秀看看车里的女人。"

听到大人的吩咐，一个杂役单手举高火把，大步流星地走到牛车近前，而后骤然伸手，唰一下掀起帘子。火把烧得毕剥作响，炽红的火光摇晃了一会儿，很快把狭小的牛车内部照得清清楚楚，地板上那被锁链残忍绑住的女子——啊，是我认错人了吧。那姑娘身穿华丽的樱花刺绣唐衣，梳成垂发①的黑丝乌亮亮地垂在身后，头上斜插的金钗也闪着美丽的光芒，尽管衣着不同以往，但那小巧的身材、洁白的脖子，还有谦恭到清冷的侧脸，正是良秀女儿无疑。我惊得险些叫出声来。

就在此时，我对面的武士一下子直起身，单手按住刀柄，肃然紧盯良秀。我心惊胆战地看过去，良秀大概是被眼前的一幕刺激得失去了神志，本来是跪坐在地的，突然一跃而起，伸长双手，眼看着就要忘我地跑向牛车。然而，如我前面所说，他偏巧离得很远，我因此看不清他脸上的神情。就在我这么以为的短短一瞬间，良秀惨白的脸，不，是他好像被什么看不见的力量吊起来了似的身影一下冲开昏暗的夜色，鲜活地浮现在我眼前。这时，随着大人的一声令下，杂役们把火把丢向牛车，良秀女儿乘坐的槟榔叶牛车顿时燃起熊熊烈火。

---

①垂发：一种妇女发式。两鬓绾高，身后垂下长发。

十八

火光眼看着包围了车顶。车门边悬挂的流苏绳像遭风吹一般唰地飘开，夜色里也看得分明的蒙蒙白烟在下边滚滚翻腾，车帘、车厢两侧、车身上的五金件瞬间碎裂飞溅，火星飞扬，像下雨一样——再没有比这更骇人的景象了。哎呀，那熊熊燃烧的火光喷吐着火舌，缠绕在车门两边的格子框上，直蹿到半空中，简直就像太阳坠落到地上迸出的天火。之前差点叫出声的我至此完全吓得失了魂，只知道呆愣愣地张大嘴，看着这可怕的一幕。而身为父亲的良秀呢——

我至今都忘不了良秀那时的表情。那个本来下意识地跑向牛车的男人，在火光冲上来的同时停下脚步，手依旧往前伸着，眼睛深深凝视牛车，像被包围着牛车的火焰吸进去了一样。良秀全身沐浴在火光下，那张皱巴巴又难看的脸，甚至连胡须都映照得一清二楚。无论是大睁的眼、歪曲的嘴角，还是抽搐个不停的脸颊，无一不在脸上历历显露出内心交织的恐惧、悲伤与震惊。哪怕快被斩首的盗贼，甚至是坏事做尽，被带到十殿阎罗面前接受审判的穷凶极恶之徒，怕也不会露出那么痛苦的神情。就连先前那个身强体壮的武士都不由自主地脸色大变,心惊胆战地仰望大人的脸。

大人紧咬嘴唇,不时露出瘆人的笑意,眼睛也死死盯着牛车的方向。牛车里——啊,当时车里的姑娘是什么模样呢,我怎么都没有勇气细说。那被烟呛得后仰的惨白脸色,火焰里四处纷飞的黑发,还有眼看着与火化为一体的华丽樱花纹唐衣——多么惨烈的景象啊!尤其是一阵夜风吹下,火烟飘向对面时,好似红光中撒了金粉的火焰中现出良秀女儿咬着头发痛苦挣扎,好像都能把锁链挣断的模样,简直就像亲眼看到了地狱里的景象。从我到那个冷硬的武士,所有人都不由自主地汗毛倒竖。

又一阵夜风从庭院的树梢上唰一下拂过——好像是风吧。声音在暗沉沉的空中穿行了一阵,不知去了哪里,紧接着,忽然有一团黑色的不明物体既不似走也不似飞,像颗球一样从屋檐径直弹进了烧得正旺的牛车里。车门两边似是朱漆的格子框烧得七零八落,那团黑色的东西抱住良秀女儿后仰的肩头,痛苦地发出布帛撕裂一般的尖厉叫声,声音悠长地传到了火烟之外。而后又是第二声、第三声——我们不由自主地发出同声尖叫。不顾火墙阻隔,爬到良秀女儿肩头上去的,原来是堀川宅中那只诨名为良秀的猴子。猴子从哪里来,又是怎么悄悄跟到这里的,自然无人知晓。大概是平日里受到良秀女儿的疼爱，就随着她跳入火海了吧。

十九

看到猴子的身影只发生在短短一瞬间。有如泥金描点的火星啪地飞上天空，猴子自不必说，连良秀女儿的身影都隐没在黑烟深处，庭院正中唯见一辆火车烧得猎猎作响。不，那火光冲天、烈焰熊熊的样子，比起火车，说是火柱也许更加合适。

良秀僵立在火柱前，皱纹密布的脸上涌现出难以言喻的光芒，仿佛心驰神醉在莫大的欢欣当中。他甚至似乎忘了大人还在面前，两手交叉在胸前久久伫立。他眼中看到的好像不是女儿痛苦赴死的场面，唯有美丽的火焰与困在其中饱受折磨的女人给他心里带来无限的喜悦——这才是他眼里映出的景象。

让人不可思议的并不仅仅是这个男人欣喜地看着独生女儿惨死这一件事。当时的良秀身上莫名有种怪异的庄严，好像梦里见过的狮王震怒，完全不像个人了。因此，不知是不是我的错觉，就连那些被突如其来的火舌惊扰，鸣啼着四处乱飞的不计其数的夜鸟都不敢靠近良秀的乌帽子。恐怕无心的鸟儿都能看到有如圆轮佛光一般悬在那个男人头上的，不可思议的威严之光吧。

鸟尚且如此，更别说我们这些人了。所有人，甚至下到杂役，全都屏住呼吸，身体战栗，内心充满异样的皈依之情，像看大佛开光一样，眼睛转也不转地盯着良秀。烧红了半边天的牛车火光，与被这一幕夺去心魂、默然伫立的良秀——何等庄严，何等欢喜啊。然而，当中唯有一人，便是檐廊之上的大人，完全像换了个人似的，脸色青白，嘴角起沫，两手紧紧揪住紫色指贯的膝头部位，像干渴的野兽般不停喘息……

二十

那晚大人在雪融御所烧车的事，不知经谁的口走漏出去，招来了种种批判。首当其冲的便是大人为何要烧死良秀女儿——流传最广的说法是大人此举是由于苦恋不得，因爱生恨。然而大人所想的，必定是惩戒良秀为画屏风图甚至不惜烧车杀人的邪恶的画师脾气。事实上，我曾听大人亲口这么说过。

后来，良秀眼睁睁看着女儿被烧死，却还想着画屏风图的铁石心肠果然引起纷纷议论。其中就有人骂他为了画画不顾父女之情，真是人面兽心的恶人。那位横川的僧都大人就是此番言论的支持者,他时常做此评论:"哪怕再精于一技一道,倘若不识为人五常①,将来必堕地狱。"

那之后过了约莫一个月,地狱变屏风图终于画成。刚一完工,良秀就带着画来到大人府上,毕恭毕敬地献给大人过目。那时僧都大人碰巧也在场,他看了一眼画,大概当即被一整扇屏风上漫天呼啸的烈火给镇住了吧,先前一直面色不虞地怒瞪良秀,这会儿不知不觉地一拍膝盖,脱口说了句"妙啊"。大人听了,露出难看的笑,我到现在都还记得大人那时的表情。

从那以后,至少就大人府上而言,说良秀坏话的人几乎是一个也没有了。无论是谁,但凡看过了那扇屏风,哪怕平日里再如何憎恶良秀,都会不可思议地被一种庄严的感觉打动,可能是因为身临其境般地感受到了炎热地狱之苦吧。

然而这个时候,良秀早已不是现世之人了。屏风图画好的第二天夜里,他就在自己房里悬梁自尽了。独生女儿先自己而去,他恐怕也无法心安理得地继续活下去吧。良秀的尸骸如今还埋在当年的居所故地。不过那小小的石碑,经历这几十年的风雨冲刷,想必早已长满苔藓,辨认不出埋的人是谁了。

---

①五常:儒家认为人应保有的仁、义、礼、智、信五大常规道德。

蛛丝

一

某日，佛祖释迦牟尼独自漫步于极乐净土的莲花池畔，池中绽放的莲花朵朵洁白如玉，正中的金色花蕊源源不绝地释出无以名状的幽香。极乐净土该正在清晨时分。

片刻后，佛祖伫立在莲花池畔，从覆在水面的莲叶缝隙间，不经意瞧见了下界的情形。这极乐净土的莲池之下恰好通向地狱深处，透过水晶般的水面看去，三途河与针山的景象正如西洋片似的清晰可见。

于是，地狱最底层里，一个名唤犍陀多的男人挤在众罪人间蠕动的情景就此映入佛祖眼帘。这个叫犍陀多的男人是个杀人放火、无恶不作的大盗，然而即便如此，佛祖记得他倒也做过唯一一件善事。这男人某天行经密林时，眼见一只小小的蜘蛛沿着路边爬行，当即抬起腿，欲将蜘蛛踩死，电光石火间却又转念想：不可，不可，蜘蛛虽小，无疑也是一条生命。肆意夺走它的性命，实在不落忍。就此放过了蜘蛛。

佛祖看着地狱里的景象，回想起犍陀多放过蜘蛛一事，心道：有此小小善举，便尽量救他出来，以作回报吧。佛祖视其身侧，恰见一只极乐净土的蜘蛛正在碧如翡翠的莲叶上织造美丽的银丝。他轻轻拾起蛛丝，从玉白的莲花间径直投入下方遥远的地狱深处。

二

这边，犍陀多泡在地狱最底层的血池里，随同其他罪人浮浮沉沉。放眼看去，目光所及之处尽是一片漆黑，黑暗中偶然可见隐约浮现的什么东西，那是针山上的可怕尖针泛出的寒光，叫犍陀多惶惶不安。周遭仿佛墓场一般静谧无声，要说偶尔的一点声音，便只有罪人们发出的微末哀吟。坠入此地之人，已经尝尽地狱的种种折磨，连哭都没力气。因此就连大盗犍陀多，都只能泡在血水中呜咽，如垂死的青蛙一般做无谓挣扎。

然而某一刻，犍陀多茫然抬头仰望血池上空，眼见沉静的黑暗里，竟有一根泛着细光的银色蛛丝，像是怕被人瞧见似的，遥遥从天上垂落到自己头上。见此，犍陀多不由得拍手称快。要是抓着这根蛛丝一直往上爬，必定可以逃出地狱。非但如此，运气够好的话，甚至还有可能进入极乐净土。如此一来，自己就再也不会被赶上针山，也不会被沉入血池了。

想到这里，犍陀多赶紧伸出双手，牢牢抓住蛛丝，拼命往上攀爬。他本是大盗，做起这种事早已得心应手。

然而地狱与极乐净土之间相隔岂止万里，再怎么焦急地遥望，蛛丝的尽头依然遥不可及。爬了一阵子，犍陀多终于筋疲力尽，一步也爬不动了。他实在没办法，便打算暂歇片刻。犍陀多吊在蛛丝半途，远远地俯瞰下方。

毕竟是拼了命爬出来的，只见先前置身的血池不知不觉间已没入黑暗深处，隐约泛光的恐怖针山也被抛在脚下。照这样爬下去，逃出地狱也许轻而易举。犍陀多两手揪着蛛丝，开怀大笑道："好极了！好极了！"自堕入地狱以来，他的声音还从未如此快活过。然而，回过神来，他才突然发现，下方又有不计其数的罪人跟在自己身后，一门心思地朝上攀爬过来，犹如一列蚁队。犍陀多见此又惊又怕，好一阵子都只呆愣愣地张大嘴，唯独眼睛尚在活动。这根细细的蛛丝，承接自己一人已是岌岌可危，如何还能经受那么多人的重量？万一中途断开，就连辛辛苦苦爬到这里的我，也得一头倒栽回地狱里去。

发生这种事可就糟了。这么想着的时候，又有成百上千的罪人从黑黢黢的血池底蠕动出来，在泛光的细细蛛丝上排成一列，拼了命地往上爬。要不趁早想想办法，蛛丝肯定会断成两截，就此掉落下去。

犍陀多于是大声叫嚷："你们这帮该死的罪人！蛛丝是我的，你们听了谁的话爬上来的？下去，下去！"

就在此时，方才还好端端的蛛丝突然从吊住犍陀多的地方噗的一声断裂开来。这下连犍陀多也受不住了。转瞬间，他就破风而落，像个陀螺似的，眼见着朝黑暗深处倒栽下去了。

唯剩极乐净土的蛛丝，闪着细细的银光，短不溜秋地垂挂在不见星月的半空中。

三

佛祖立在极乐净土的莲花池畔，静静看完了事情的始末。不多时，犍陀多像块石头似的沉入血池池底，佛祖面露悲悯之色，又慢悠悠地散起了步。犍陀多没有慈悲之心，只顾自己逃离地狱，由此受到应有的惩罚，再次堕入地狱。佛祖该是觉得犍陀多的行径卑鄙可耻了吧。

而极乐净土莲池中的莲花丝毫不受此事影响。玉白的花朵在佛祖脚边轻舞花萼，正中的金色花蕊源源不绝地释出无以名状的幽香。极乐净土该是已近正午。

橘子

一个阴沉的冬日傍晚,我坐在横须贺开往东京的客车二等车厢一角,心不在焉地等着发车的汽笛声响起。亮着灯的车厢里除我以外再无其他乘客,真是稀奇。放眼车外,晦暗的站台上也是罕见的空荡,连送行的人影都没瞧见,唯有一只关在笼子里的小狗不时发出悲鸣。眼前所见不可思议地应和了我当时的心情。难以言喻的疲劳与倦怠在我脑海中投下沉沉的暗影,宛如将雪未雪的天色。我的双手插在外套口袋里,连把口袋里的晚报拿出来看的劲都没有。

不大一会儿,发车的汽笛声响起,我心中稍稍畅快些许,把头靠在背后的窗框上,百无聊赖地等着眼前的停车场从视线里往后退。然而停车场还没往后退,低齿木屐打在地上的急促脚步声先从检票口那边传了过来,没多久,伴随着乘务员不甚清晰的斥责声,我所在的二等车厢门一下子被人打开,一个十三四岁的小姑娘慌慌张张地进了车厢。同一时间,列车沉甸甸地晃动一下,徐徐开动起来。站台上逐一退远的柱子,似乎已被人遗忘的洒水车，还有正对车里不知哪位乘客道祝福的车站小红帽——一切都在吹到车窗外的煤烟里向后倒去，仿佛带着恋恋不舍的意味。我终于安下心来，点燃卷烟，这才掀起懒洋洋的眼皮，瞟了一眼坐在前面的小姑娘。

她干枯的头发在脑后扎成银杏式①，皴裂密布，带着擦拭痕迹的双颊通红得令人不适，俨然一副乡下人模样。脏兮兮的黄绿色毛线围巾软塌塌地垂在她膝头，膝头上放着个大大的包袱。小姑娘冻伤的手里抱着另一个包袱，还珍而重之地攥着红色的三等座车票。她粗俗的相貌我不喜欢，不干不净的衣服也让我心生不快，分不清二等座和三等座的愚钝更让我憋出一股火。点燃卷烟的我从口袋里抽出晚报，漫不经心地摊在膝头看了起来，一方面也存了些忽略这个小姑娘的心思。

这时，落在晚报上的亮光突然从车外转为车内，印刷粗糙的几栏文字意外鲜明地浮现在我眼前。不必说，火车现在已经驶入了横须贺线上为数众多的隧道中的第一条隧道。

扫遍电灯照亮的版面，世上依旧尽是平淡至极的普通小事，抚慰了我的忧郁。求和、新婚、贪腐、讣告——进入隧道

---

①银杏式：一种形似银杏叶的女子发型。大正时代后，一般只有中层阶级以下的女性才会扎这种发型。

的一瞬间，我产生一股错觉，感觉火车好像走了相反的方向。在这股错觉中，我的目光近乎机械地逡巡在一篇又一篇枯燥的报道上。当然，其间我始终无法忽视那个宛如将低俗的现实刻在脸上，坐到我面前的小姑娘。隧道里的火车，土气的小姑娘，依旧被平淡琐事淹没的晚报——这些若不是象征，又是什么呢？若不是捉摸不透、低俗、无趣的人生象征，又能是什么呢？我一丝乐趣也无，丢开看了一半的晚报，又把头靠回窗户边上，像死了一样闭上眼，整个人昏昏欲睡。

过了几分钟，我突然感到似有危险临近，不由得环视四周，只见那个小姑娘不知何时从对面移到了我身边，正频频试图开窗，可沉重的玻璃窗并未如她所愿，没有拉起来。她皲裂密布的脸颊越发涨红，吸鼻子的声音不时随同细微的喘气声传入我耳中。连我也自然而然地被她的这副模样勾起了同情，然而只看左右两边，暮色中唯见枯草的山腰离窗边越来越近，就能轻易看出火车已经快开到隧道口了。尽管如此，这姑娘依然执意要拉开关闭的窗户——我无法理解她为什么要这么做，只能当作是她一时兴起。于是，我的心底依旧揣着恶意，冷眼旁观那双冻伤的手一次次费力地试图拉起窗户，仿佛期盼她永远不能成功似的。没多久，一阵尖锐的声音响起，火车钻进隧道，同一时间，小姑娘试图打开的窗户终于啪地落了下来。似乎溶解了煤炭的沉黑空气骤然变成沉闷的烟雾，从四方形的空洞中灰蒙蒙地涌进车里。本就咽喉抱恙的我，还来不及用手帕挡脸，就被烟气扑了满面，只咳得上气不接下气。然而小姑娘不曾留意我的动静，只把头探出窗外，一动不动地望着火车前进的方向，扎着银杏头的发丝随黑暗里的风飞舞。我在煤烟和灯光里打量她的时候，窗外眼见着越来越亮，要不是土地、枯草、水流的气息清凌凌地流淌进来，终于止住咳嗽的我，就是把这素不相识的小姑娘劈头盖脸地骂一顿，也得让她关上窗户。

这时，火车已经稳当当地滑出隧道，开上了坐落在芳草萋萋的山间一个贫穷小镇尽头的铁道口。铁道口附近尽是杂乱拥挤的草屋、瓦房，唯见一面泛白的旗帜在夜色中懒洋洋地摇摆，大概是值班员在挥旗。终于出隧道了——这么想着的时候，我看到三个脸颊通红的男孩挤挤挨挨地站在铁道口冷清的栅栏对面。男孩们的个子都很矮，好似被阴沉的天空挤压过，身上穿的是与小镇尽头的冷暗景致同一色调的和服。他们抬头望着途经此地的火车，齐齐举高手臂，扯起稚嫩的嗓音全力呼喊，喊的什么完全叫人摸不着头脑。就在这一瞬间，半个身子探出窗外的小姑娘忽地伸出冻伤的手，使劲地左右挥舞。紧接着，五六个看着喜人，带着暖日色调的橘子突然从半空中啪嗒啪嗒地朝目送火车离去的孩子们那边落去。我不由得屏住呼吸。那一瞬间，我弄懂了一切。这小姑娘，这大概是要奔赴他乡做工的小姑娘，把藏在怀里的几个橘子从窗户里扔了出去，好慰劳特意赶来铁道口为她送行的弟弟们。

小镇尽头染上暮色的铁道口，像小鸟一样高声呼喊的三个孩子，还有散落在地上的橘子透出的鲜色——所有的一切转眼间已从车窗外呼啸而过。然而这幕光景却清晰乃至深刻地烙印在我心上，我感觉有一股莫名的愉悦从中奔涌而出。我神采奕奕地抬起头，用焕然一新的眼神注视着小姑娘。不知何时，小姑娘已回到对面的座位上，皲裂密布的脸埋在黄绿色的毛线围巾里，抱着大包袱的手里照旧紧紧捏着那张三等座车票……

直至此时，我才得以略微遗忘难以言喻的疲劳、倦怠，以及捉摸不透、低俗、无趣的人生。

偷盗

一

"婆婆，猪熊的婆婆。"

朱雀绫小巷的十字路口，一个身穿朴素的藏蓝水干服，头戴揉乌帽子，年纪二十上下，面貌丑陋的独眼武士扬起平骨扇①，叫住了途经的老太婆——

这是七月的某个正午，夏日雾霭蒸腾的闷热天空悄无声息地笼在家家户户头上。武士驻足的十字路口，一株枝叶稀疏的瘦长绿柳在地上投下影子，姿态宛如罹患了近来流行的瘟疫似的。连这里都没有一丝清风，蔫蔫的柳叶一动不动。被阳光暴晒的大路就更别提了，大概是在酷暑面前服了输，眼下路上人迹断绝，唯见先前经过的牛车留下的蜿蜒车辙。一条小蛇搅进车轮里，切口血肉泛青。小蛇刚开始还一下下拍着蛇尾，不

---

①平骨扇：最两端的扇骨与扇褶等宽的一种折扇。

知何时，它油光发亮的肚子已经向上翻起，动也不动了。放眼这烈日炎炎、灰尘扑扑的小镇十字路口，要说还有什么点点滴滴的湿意，大概就只有从蛇身切口滴下的腥臭腐水了吧。

"婆婆。"

"……"

老太婆慌忙回过身。细看去，她的年纪在六十上下，枯黄的头发垂在脏兮兮的柏木色单衣上，脚上趿拉着掉了跟的草鞋，手里拄着蛙腿形状的拐杖。这是个长着圆眼、大嘴，总让人联想起癞蛤蟆的卑微女人。

"哦哟，是太郎啊。"

老太婆的声音像是被阳光呛住了一样，说完这句，她拖着拐杖往回走了两三步，先舔舔上嘴唇，而后再次开口道：

"您是有什么事吗？"

"不，没什么事。"

独眼龙带着浅淡痘印的脸上浮起刻意为之的微笑，勉强用轻快的语气说：

"就是想问问沙金最近人在哪儿呢？"

"你找我只可能是为了我女儿的事，还真托了穷窝里飞出金凤凰的福。"

老太婆噘嘴嗤笑，看着令人不快。

"我也没什么正事,不过,还没问您今晚怎么安排的呢!"

"什么啊,今晚的计划又没变。在罗生门会合,时间是亥时初刻——都是很久之前定好了的。"

老太婆说着,狡猾地左右环视一圈,见路上没人,似乎安下了心,又舔舔厚嘴唇:

"里头的情况,我女儿大抵已经打探清楚了,说是那帮武士当中没一个高手。具体什么样待她今晚细说。"

闻得此言,名叫太郎的男人嘲弄般歪了歪掩在遮阳黄纸扇下的嘴巴。

"沙金又和那边的哪个武士打情骂俏了吧?"

"说的什么话,她是打扮成小贩过去的。"

"打扮成什么样子去是她的事。消息靠得住吗?"

"您的疑心病还是那么重,难怪不讨我女儿喜欢。嫉妒也得适可而止。"

老太婆哼笑着,抬起拐杖戳了戳路边的蛇尸。不知何时起围在蛇尸边的绿头苍蝇一团团飞起,复又如原先一般落在蛇尸上。

"这方面要不留点心,可是会被次郎取而代之的哟。取而代之倒没什么,反正到那时就不好收场了。我家老头子都时常因为这种事变脸,更别说你了。"

"我懂。"

武士皱起眉,愤愤地朝柳树根吐了口唾沫。

"我却不太明白,你现在能这么一本正经的,当初刺探我女儿和老头子的关系时,不还和疯子一样吗?老爷子脾气要是再烈一点,肯定当场就和你刀剑相向了。"

"都已经是一年前的事了。"

"过去多少年都一样。不都说一而再,再而三吗?只三次倒也罢了,我到如今这个岁数,都不知道犯过多少次同样的错了。"

老太婆说着,露出稀疏的牙齿,笑了起来。

"不开玩笑了——说正事,今晚行动的对象好歹是藤原一族的检非违使大人,一切都安排妥当了吗?"

太郎晒红的脸上浮现焦急之色,转开了话题。此时正巧有一片积雨云遮住太阳,周围倏地昏暗下来,唯有蛇尸那肥厚的肚子愈显油光发亮。

"没什么大不了的,虽是藤原一族的检非违使大人,家中不过也就四五个乳臭未干的武士,对我来说早就是小菜一碟。"

"哦,婆婆气势不小啊。那我们这边有多少人?"

"和平时一样,二十三个男人,再就是我和女儿。阿浓身体那个样子,我就让她在朱雀门等着,接应我们。"

"说起来,阿浓也快临盆了啊。"

太郎又嘲弄般歪歪嘴角。几乎就在同一时间,云影散去,路上忽然如原先一般亮得刺眼——猪熊的老太婆也挺起胸膛,发出一阵母鸦似的笑声。

"那个傻子。是谁下的手呢——话说回来,阿浓对次郎情深义重,孩子该不会是他的吧?"

"你这当娘的先别猜来疑去了,她那身子骨做什么都不方便吧?"

"怎么着都能派上点用场,但她不愿意,我也没办法。拜她所赐,给大家伙儿传信也成了我一个人的事。我去通知了真木岛的十郎、关山的平六、高市的多襄丸,接下来还要再去三家——哎呀,说起来,我这油都卖到未时了。您听我说话也听烦了吧?"

蛙腿形的拐杖随着老太婆的说话声颤动。

"那沙金呢?"

这时,太郎的嘴唇以肉眼可见的程度轻微抽动,但这一幕似乎并未落到老太婆眼里。

"这会儿大概正在猪熊的家里午睡吧。她昨天才回来。"

独眼武士紧盯着老太婆，而后用平静的声音说：

"那等改天，我找个晚上去见她。"

"哎呀，你得先好好睡个午觉啊。"

猪熊的老太婆巧妙地绕过话题，拖着拐杖迈步走开。她沿绫小路向东，身穿单衣，形似猿猴，尘土扬在草鞋跟上，不顾强盛的日头，就那么走远了——目送老太婆离去的武士渗出汗珠的额头摆出险峻之色，再次朝柳树根吐出一口痰，而后徐徐掉转脚步。

两人作别处，聚在蛇尸上的绿头苍蝇依旧在阳光中嗡嗡作响，起起落落。

二

猪熊的老太婆枯黄的发根热汗涔涔，她也不掸脚上沾的夏日尘土，一下下拄着拐杖往前走——

这条路早走过不知多少次了，但和年轻那时候相比，到处都发生了翻天覆地的变化。记得还在台盘所①做婢女的时候——唉，回想被身份悬殊、想都没想过的男子引诱，最后生

---

①台盘所：官廷里的厨房。

下沙金那时候的事，就觉得现在的京都只剩个名头，几乎没了过去的样子。曾经牛车往来不绝的道路，如今只剩蓟花在阳光下开得寂静，将塌未塌的墙板里结出青色的无花果，毫不避人的鸦群大白天也齐齐聚在干涸的池塘里。日复一日，自己也在不知不觉间白了头，生了皱纹，最后变成个弯腰驼背的老太婆。京都不是过去的京都，自己也不是过去的自己了。

样貌变了，心境也变了。刚得知女儿与现任丈夫的关系时，自己还曾又哭又闹，然而如今看来，那也只是件不足为奇的事而已。偷窃也好，杀人也好，习惯以后就和操持家业没什么两样。说起来，自己的内心就像京都遍布荒草的大小道路一样，早已自暴自弃，甚至也不因自暴自弃而痛苦了。可从另一方面看，一切好像变了，其实却又没变。女儿如今所做的，与自己当初所做的竟出乎意料地相似。就连太郎与次郎，也和现任丈夫年轻时的所作所为差不了多少。大概人就是这样一直周而复始地做着同样的事吧。这么看起来，京都还是从前的京都，自己也还是从前的自己……

种种想法朦胧浮现在猪熊的老太婆心间。大概是冷硬的心受了触动，她圆圆的眼睛显出柔和之态，脸上癞蛤蟆似的血肉不知不觉间松弛下来——突然间，老太婆遍布皱纹的脸上又挤出生动的冷笑，拐杖点得比先前更加急促了。

这也难怪，原是四五间开外，隔着道路和一片狗尾巴草地（原先或许是哪户人家的大庭院），有几面坍塌的土墙，土墙当中，两三棵繁盛不再的合欢树在青绿色阳光照耀的瓦房顶上垂下病恹恹的红色花朵。花朵下方孤零零地立着一座怪异的小屋，小屋四角用枯老的竹柱撑起，四面悬挂陈旧的草席充当墙壁——观此地此景，屋里住的想必是乞丐了。

尤为吸引老太婆目光的，是小屋前抱臂而立，年纪十七八岁的年轻武士。武士着枯叶色水干，佩黑鞘长刀。不知何故，他正谨慎地窥伺着屋内的情形。那未染世故的眉眼，稚气未脱的消瘦脸颊，一眼便向老太婆昭示了武士的身份。

"你在干什么呢，次郎？"

老太婆走到次郎身边，蛙腿拐杖定在地上，扬起下巴打了声招呼。

武士吓了一跳，回转过身，看到面颊消瘦的老太婆舔舐厚嘴唇的舌头，便微笑着露出洁白的牙齿，默不作声地朝小屋里边指了指。

屋内的地上直接铺了个破草垫，一个四十岁左右的矮个子女人以石为枕，躺在草垫上面，身上仅有件盖至腰间的麻布内衣蔽体，几乎与赤裸无异。细看去，她的胸腹浮肿黄亮，仿佛用手指稍稍按压，就会汩汩流出脓黄血水。透过草席裂缝，就着阳光照进的地方看去，只见女人腋下和脖子根有恰如杏子大小的乌紫斑块，从中溢出一股难以形容的奇臭。

女人枕边只有个豁了口的素陶杯（杯底粘着饭粒，由此看来，原先大概拿它盛过粥），像是被丢在一边的，里面整整齐齐地堆了五六个满是泥土的石块，应该出自某个人的恶作剧吧。素陶杯正中间立了根花枯叶萎的合欢枝，大概是为效仿高脚食案上的心叶①装饰。

眼见此景，纵然冷硬如老太婆，也不禁皱眉后退。刹那间，她的脑海里突然浮现出方才遇到的小蛇尸骸。

"怎么回事，这人染了瘟疫吧。"

"是啊，大概是看活不成了，就被附近的哪户人家给丢弃了吧。这个样子，放在哪儿都不好办。"

次郎又露出洁白的牙齿，微笑起来。

"你又在看什么呢？"

"什么啊，我方才经过这里，看到两三条野狗要把她当饵食吃了，就朝野狗丢石头，刚刚才把它们赶走。我要不过

---

①心叶：用金属、丝线等制成梅枝或松枝，立在食案四角当作装饰。

来，她的整条胳膊说不定眼下已经被吃得丁点不剩了。"

老太婆用蛙腿拐杖撑住下巴，再度深深望向女人的身体。次郎说刚刚有狗啃食，应该就是这里吧——女人的两只胳膊从破旧的草垫上斜探出来，落在路面的沙土里，那浮肿的土黄色皮肤上残留着三四处利齿咬啮造成的紫痕。然而女人安稳地闭着眼睛，都不知道还有没有呼吸。老太婆再次感到一股强烈的嫌恶扑面而来。

"她到底是死是活？"

"谁知道呢。"

"这人得到解脱了呢。要是已经死了，就算被狗吃掉也不错啊。"

老太婆说完，伸出蛙腿拐杖，远远地戳了戳女人的脑袋。女人的头从枕着的石头上离开，软塌塌地落在草垫上，头发拖进了沙里。然而，这个病人依然紧闭双眼，脸上不显丁点动静。

"你这样试没用。先前被狗啃食的时候，她都一动不动的。"

"那就是死了。"

次郎第三次露齿而笑。

"就算没死，与其这么苟延残喘，不如干脆就让野狗咬断喉咙，那样说不定还更好。反正这副样子，就是活也活不了多久。"

"我怎么可能眼睁睁看着人被狗吃掉呢？"

闻得此言，猪熊的老太婆舔舔上唇，狂妄地故意问道：

"尽管如此，可换到人身上，杀人的和被杀的不都觉得杀人没什么吗？"

"确实是这样。"

次郎挠挠鬓角，第四次露出洁白的牙齿微笑起来。他和善地看着老太婆，开口问道：

"婆婆这是要去哪里？"

"去找真木岛的十郎和高市的多襄丸——啊，对了，关山的平六就拜托你去传信吧？"

话还没说完，老太婆已经拄着拐杖走开两三步远了。

"啊，行。"

次郎也终于把躺着病人的小屋抛之脑后，和老太婆肩并着肩，信步走上烈日炎炎的道路。

"看到这副模样的人，心情也糟糕到极点了。"

老太婆夸张地拧起一张脸。

"——嗯，你知道平六家在哪儿吧？沿这条路直走，在立本寺门口左转，就到了藤原家族的检非违使家，往前一町^①就是平六家。你顺便在检非违使的宅子边逛逛，为今晚的行动踩个点。"

"我一开始就是有此打算，才到这边来的。"

"是吗，没想到你小子还这么机灵呢。你哥哥那个面相，一不留神就会被他们察觉到不对，没法把这事交给他，但你去就没问题。"

"可怜，哥哥也被婆婆说得如此不中用。"

"哪里，我算最客气的了。老爷子的话才难听呢，都不能在你面前提。"

"都是因为那件事吧？"

"就算发生了那件事，不也没说你的不是吗？"

"大概是把我当小孩子看吧。"

两人闲聊着，信步走在狭窄的路上。每走一步，京都的荒凉就越发近距离地显露在眼前。门户间漫溢青草气息的艾蒿丛、四处可见的破泥墙，还有与从前一样所剩无几的松柳——无一不令人感到这座庞大的城市正不断与隐约可闻的尸臭一起消亡。路上只碰到一个以高齿木屐撑手膝行的瘫痪乞丐——

---

①町：长度单位，一町约110米。

"次郎,你要多加留意啊。"

猪熊的老太婆突然想起太郎那张脸,独自苦笑着说道:

"你哥哥可能也被我女儿迷住了。"

未料这句话似乎给次郎造成了超乎预想的影响。他清秀的眉间骤然阴沉下来,似是不快般垂下视线。

"我也发现了。"

"发现了又能怎么样呢?"

老太婆因次郎骤然急变的态度微感惊讶,她照旧舔舔嘴唇,喃喃低语:

"是啊!发现了又能怎么样呢?"

"哥哥想什么是他的事,我哪有办法。"

"这么说就太直白了。其实,我昨天见了女儿,她告诉我,今日未时下刻①要与你在立本寺门前见面。就为这个,她快半个月没见你哥哥了。太郎要是知道了这件事,你们估计又得吵起来。"

像是为打断老太婆不绝于耳的话音一样,次郎一言不发,焦躁地频频点头。可猪熊的老太婆似乎并不准备就此住口。

---

①下刻:这里是把时辰一分为三,分为初刻、正刻、下刻。每一刻都指那一刻开始的时间。

"刚刚在前面的十字路口碰到太郎的时候，我很想把这些都说出来。可这样一来，大家就会从同伴变成刀剑相向的敌人啊。万一我女儿因此受了伤怎么办呢，我只担心这个。我女儿毕竟是那个性格，太郎也固执得很，我就想好好托付给你。毕竟你性情善良，连死人被狗吃掉都看不过去。"

老太婆说着，像是为强行消除不知何时生起的不安似的，故意发出嘶哑的笑声。然而次郎依然阴着脸埋头走路，好像沉浸在自己的思绪当中……

"希望事情不要闹大。"

猪熊的老太婆拐杖点得越发快了，她此时才从心底里发出如此真切的祈祷。

差不多就在这个时候，三四个孩子用枝丫尖挑着蛇尸，从躺着病人的小屋外走过，其中有个尤为淘气的，微微欠起身，把蛇远远地朝女人脸上甩去。泛着油光的青色蛇腹啪嗒一声落在女人的面颊上，腐水洇湿的蛇尾垂到女人的下巴下面——孩子们立刻哇一声齐齐叫唤出来，害怕一般四散跑开了。

先前像是死了般一动不动的女人，此时突然睁开黄肿的眼睛，她有如烂鸡蛋清似的双眼瞄着暗沉的天空，沾满沙土的手指打了个哆嗦，干裂的嘴唇深处溢出隐约的声响，也不知是说话声还是呼吸声。

三

与猪熊的老太婆分开后，次郎打着扇，也不刻意挑阴凉地，只迈着无精打采的步子沿朱雀大道向北走着——

正午的路上，行人极其稀少。在一个骑配平纹马鞍的栗色马，携挑着铠甲匣子的挑夫随行，头戴灯芯草斗笠遮挡阳光的武士慢悠悠地走过之后，路上便只见忙碌的燕子不时飞来掠去，衔取路上的沙土。从木板屋顶、柏树皮屋顶往前看，聚拢的火烧云就像熔化的金银铜铁，自早前起已凝滞不动。道路两边连成一片的房子更是静谧无声，甚至教人怀疑，密不透风的门板和蒲草门帘后的京都众人，莫不是悉数死绝了吧——

（如猪熊的老太婆所言，沙金恐被次郎夺去的威胁已渐渐迫近眼前。那个女人——那个眼下甚至委身于自己养父的女人，舍弃麻脸、独眼、丑陋的我，转而投向晒得黝黑，但眉眼端正、年纪轻轻的弟弟次郎，原本就没什么可奇怪的。我向来一心坚信，次郎——那个自幼时起就依恋敬慕我的次郎，察觉了我对沙金的心意后，即便沙金主动示好，他也会谨言慎行，不受沙金的诱惑。可现在想想，那只不过是我一厢情愿给他戴的高帽子罢了。不，与其说高看了次郎，不如说是我错误地低估了沙金的放荡风骚。着了道的又岂止次郎一人。那女人只消一个眼神，就能让比飞在炎炎烈日下的燕子还多的男人为她殒命。其实，就连现在说这话的我，也只因为见了那女人一面，最终堕落到如此境地……）

这时，一辆红线装饰的女式牛车从四条坊门处的十字路口向南而行，静悄悄地经过太郎前方。车里人长什么样看不见，染成红渐层的生绢车帏因荒凉的道路愈显艳丽夺目。随行的喂牛童子和杂役狐疑地看着太郎，唯有拉车的牛垂着牛角，落落大方地展示蜿蜒起伏、黑漆一般的背部，目不斜视，慢吞吞地朝前走着。太郎正陷在漫无边际的思绪里，牛车的五金件在阳光下哪怕亮得刺眼，也只微微漏进了太郎眼里。

他暂且止住脚步，待牛车经过后，方又低垂独眼，默默迈开步子——

（回想起来，我在右京的牢狱当放免①已是十分久远的事

---

①放免：犯了小罪的人为减刑而从事的公职，类似于衙役。

了。若拿当初的我与现在的我做比较，就连我自己都觉得似是换了个人。当初的我，既不忘敬畏三宝①，亦不敢违逆王法。而如今，行盗窃之事也不在话下。有时还纵火行凶，杀人也不止两次三次了。啊，当初的我——与同僚聚在一起，玩常玩的七半②，纵声欢笑。在如今的我看来，当初的那个我不知有多幸福啊。

　　细想来，其实已是一年前的事了，感觉却好像就发生在昨天——那女人因盗窃受罚，被检非违使送入右京大牢。一个偶然的机会，我和她隔着牢门聊起了天，自那以后，我们聊天的次数越来越多，不知何时起，我们甚至开始坦露彼此的身世。发展到最后，当猪熊的老太婆和她的盗贼同伙打破牢门救她出去的时候，我对发生的一切视而不见，就那么放走了他们。

　　自那晚起，我便时常出入猪熊的老太婆家。沙金总是估摸着我到的时间，在那个有吊窗的房间窥探傍晚的道路。看到了我的身影，她就挑逗地招呼一声，叫我进门。沙金家中除了一个名叫阿浓的粗使婢女外别无旁人。片刻后，吊窗放下，烛

---

①三宝：佛教语，指佛、法、僧。
②七半：一种猜骰子点数的赌博游戏。

台亮起，我们就在几叠大的草垫上挤挤挨挨地摆上方木盘、高脚食案，享受两人独处的酒宴。喝到最后，哭哭笑笑，一时吵闹，一时和好——可以说，我们就像世间寻常的恋人一样，如此彻夜相处。

傍晚到访，黎明离去——这样的日子持续了得有一个月吧。其间，我渐渐得知，沙金是猪熊的老太婆和上一任丈夫的孩子，如今已是二十来个盗贼的头领。她时常在京都作乱，平日里还出卖色相，与妓女无异。然而这一切反倒为她增添了不可思议的光芒，就像书册里的人物一样，丝毫不让人觉得低贱。不消说，那女人还时不时邀我入伙，可我总是拒绝，她便说我胆小，心里瞧不起我。我经常为此大动肝火……）

"走，走。"使唤马儿的声音传来，太郎连忙让出道路。

马匹左右两边各堆了两个米袋，仅着汗衫的下人牵着马，拐过三条坊门的十字路口，顶着炎炎烈日南下而来，汗也不擦一下。马儿在路面印下黑色的影子，黑影之上，一只燕子轻振羽翅，斜斜飞上天空，紧接着又像丢出的石子似的飞落下来，从太郎鼻尖前径直飞入前面铺了木板的房檐下。

太郎走在路上，像是突然醒转一般，又开始扑棱棱地扇起黄纸扇来。

（这样的日子似过不似过地持续了一阵子后,我偶然发现了那女人和养父之间的关系。当然,我心里也清楚,自己不能让沙金过无忧无虑的日子。就连沙金自己,也不止一次以自得的口吻向我夸耀与她有过露水情缘的公卿、法师之名。我想,那女人的身体可能熟知众多男人,可她的心却为我一人所有。是了,女人的贞洁不在其身体——我如此相信着,压下自己的嫉妒。当然,这或许也不过是那个女人在潜移默化中灌输给我的想法罢了。但这样一想,我痛苦的心总能松快几分。可她与养父的那种关系却不能就此蒙混过去。

我察觉到他们的关系时,心里很不痛快,一句话也说不出来。父女间做出这种事,简直千刀万剐都不够。而默默纵容这一切的生母,那个猪熊的老太婆,也是畜生不如。我这么想着,每每看到那个醉鬼老头的脸,都不记得多少次把手按到刀柄上,然而每当此时,沙金在我面前又表现出完全不把老头当回事的样子。她拙劣的把戏奇异地磨蚀了我的心。听她说厌恶养父时,我虽然憎恶她的养父,却无论如何都对她生不出憎恶之心。于是,直至今日,我和她的养父虽则彼此不对付,却也一直相安无事。要是对那老头再强横一点——不,我但凡能再强横点,我们当中应该早有一人已然丧命了吧……)

太郎抬起头,这才发觉自己已转过二条大道,走在横跨尔敏川的一座小桥上。干涸的尔敏川细细瘦瘦,却如淬火锻造的长刀一般折射日光,在断续绵延的垂柳与门户间留下微弱的潺潺水声。远远的下游能瞧见两三个黑点,像鸬鹚一样,搅乱了河流的碎光,大概是城里的孩子们在那边戏水吧。

一瞬间,幼时的记忆——与弟弟在五条大道桥下钓桃花鱼的久远记忆,就像这大热天里穿行的微风一般涌上太郎心头,勾起了他的悲伤与怀念。然而他也好,弟弟也好,早已不是过去的他们了。

太郎走在桥上,印有浅淡痘印的脸上再度闪现凌厉之色……

(后来,突然有一天,我接到通知,说当时在筑后国前任国司手下当杂役的弟弟因涉嫌偷盗而被丢进了左京牢狱。身为放免,我比任何人都明白牢狱之苦。我担心身子骨都没长结实的弟弟,就像担心自己的事情一样。我找沙金商量,沙金满不在乎地说:"劫狱不就好了?"猪熊的老太婆也在一旁屡屡相劝。终于,我下定决心,联合沙金一起召集了五六个贼人。

当晚，我们大闹牢狱，顺利地救出了弟弟。我的胸口上现在还有当时受伤留下的疤痕。但更令我难忘的是，那是我第一次杀死一个放免。那个男人尖锐的叫声与其后散发的血腥气味如今依然盘桓在我的记忆里。时至今日，我似乎还能在闷热的空气里感受到它们。

第二天起，我和弟弟就躲在沙金猪熊的家里避人耳目。但凡犯过一次事，之后无论你洗心革面，还是烧杀抢掠，在检非违使眼里都没什么不同。既然左右是个死，那就活过一日是一日吧。我这么想着，终于顺了沙金的意，和弟弟一起加入了盗贼团伙。自那以后，我杀人放火，无恶不作。当然了，一开始做这些事的时候我还十分抵触，但真的做起来后，我发现这些事情出乎意料地简单。不知不觉间，我开始觉得，作恶可能就是人的天性……）

太郎半梦半醒般拐过十字路口。路口有个土墓碑，周围垒了圈石头。墓碑上并排立着两根石塔婆①，在午后的阳光下熠熠生辉。石塔婆脚下还贴着几只蜥蜴，通体漆黑，有如煤炭，令人见之不适。大概是为太郎的脚步声所惊，人影还没落

---

①石塔婆：立于墓后的塔形石柱。

下，几只蜥蜴已急匆匆地四散逃去。然而太郎的目光压根就不在它们身上——

〔随着坏事越做越多，我越发清楚地感受到自己对沙金的迷恋。杀人也好，偷盗也好，我所做的一切都是为了那个女人——其实，就连劫狱，都不只是为救出次郎，还有害怕若眼睁睁看着弟弟去死，就会遭到沙金嘲笑的缘故。

现在，沙金就要被我那一母同胞的弟弟，被我以命相搏、救出牢狱的次郎夺走。我甚至都不知道，她是快被夺走，还是已被夺走了呢？我从前不曾怀疑沙金的心意，即便她引诱其他男人，也只当是为见不得光的活计探寻门路，始终默许纵容。其后发现她与养父之间的关系，也想着是那个老头自恃父辈身份，欺她懵懂无知而加以引诱，于是蒙蔽双眼，日子倒还过得下去。可她与次郎之间的事却得另当别论。

我与次郎的性格看似不同，实际上却并不如外表那般差异巨大。话说回来，从外表上看，七八年前的那场天花对我影响深重，对次郎则无伤大雅，他仍保留了天生的容貌，长成了一个美男子，我却因为天花烂了一只眼，成了后天的残疾。如果说丑陋、独眼的我此前俘获了沙金的心（也是我自作多情了吧），凭借的必定是我的内在了。与我同父同母的亲弟弟，照样有我这样的内在。况且无论在谁看来，他都比我俊朗。沙金倾心于这样的次郎，原本就是理所应当。再说了，若是我处于次郎的立场，必定怎么都拒绝不了沙金的诱惑。唉，从始至终，我一直因丑陋的容貌而自惭形秽，回避男女情爱。然而即便如此，面对沙金时，我竟像换了个人似的坠入了情网。知道自己长相俊美的次郎就更不用说了，他怎么可能拒绝得了那个卖弄风情的女人呢——

这么想想，次郎与沙金走得近是自然而生的事。然而，正因为自然而生，我才更觉得痛苦。我的弟弟意图从我身边抢走沙金——并且是要抢走沙金的全部。总有一天，我必定会失去沙金。啊，我失去的岂止沙金一人，我将一并失去自己的弟弟，代替弟弟出现的，会是一个名叫次郎的敌人——我不会对敌人手下留情。敌人大概也不会对我手下留情吧。如此，最终的结局现在就能提前揭晓，要么杀了弟弟，要么被弟弟所杀……]

太郎被一股迎面扑来的强烈尸臭惊醒。尸臭并不是源自他方才心中所想的死亡。定睛看去，只见猪熊的小路附近，某个竹栏院墙下堆着两具被人遗弃的孩童尸体，尸体浑身赤裸，已经腐烂。大概是受了烈日曝晒，变色的皮肤各处露出青紫的血肉，上面停着数不清的绿头苍蝇。不仅如此，一个俯首朝下的孩童面部下方，已经赶来了脚程快的蚂蚁——

太郎觉得好像亲眼看见了自己的结局。他不由得咬紧下唇——

（尤其是这段时间沙金也一直在躲我。就算偶尔见次面，她也从没给过我好脸色。有时甚至当面骂我。我总是大发雷霆，打也打过，踢也踢过。可打她踢她的时候，我总感觉那个受到责打的人其实是我自己。本也如此，我二十年的人生全寄托在沙金身上，因此失去沙金，就同失去以往的自己没有区别。

失去沙金，失去弟弟，与此同时失去自己。丧失一切的时刻或许已然来临……）

他这么想着，脚下已走到猪熊老太婆家挂着白布的门前。死尸的臭气一直飘到这里，门边是垂着暗绿色叶片的枇杷，在窗上投下微含凉意的影子。太郎早记不清多少次从枇杷树下走进门里。可今后会怎么样呢？

太郎忽地感觉疲惫，他沉浸在莫名的感伤里，眼中泪光闪闪，悄无声息地走到门口。就在这时，门里突然传出女人尖锐的叫声,尖叫夹杂在老头的声音里,灌入太郎耳中。女人若是沙金,那怎么都不能置之不理。

他掀起门口的白布,匆忙迈入昏暗的屋内。

四

与猪熊的老太婆分开后,次郎心事重重,一层层数数似的登上立本寺门前的石阶,走到朱漆斑驳的圆柱下,疲惫地坐了下来。夏日的阳光被从高处斜斜探出的瓦顶拦住,没能倾洒过来。向后看去,只见晦暗之中,一尊金刚手菩萨像脚踏青莲,左手高举金刚杵,胸前糊着燕子屎,静默地守护着寺里的白昼——走到这里,次郎才终于镇静下来,有了思考的余力。

阳光依旧把眼前的道路晒得泛白,路上交错翻飞的燕子,翅膀在阳光下亮闪闪的,就像黑色的绸缎一样。一个撑大阳伞,着白色水干服的男人手执用青竹文夹[①]夹着的信件,一副难耐酷暑的模样,慢悠悠地走了过去。再之后,延伸到前方的土墙上就连狗影都看不到一个了。

[①]文夹:一种用于给贵人呈递文书信件的工具。一般用白木制成长杖,顶端安有夹子,用来放置文件。

次郎抽出插在腰间的折扇，手指在一根根黑檀木扇骨上拂开又拢回，漫无边际地回想哥哥与自己的关系——

为什么我要受这样的折磨？唯一的哥哥视我如仇敌。每次见面，就算我主动开口，他也对我爱搭不理，切断一切交流。我与沙金发展到现在这个地步，无疑是顺理成章的事。可每次与沙金见面，我还是觉得愧对哥哥。尤其在见完面后，心里空落落的，常常觉得哥哥可怜，还为此暗自落泪。其实，有那么一两次，我甚至还想过，要不要就此作别哥哥，作别沙金，去关东算了。如此一来，大概哥哥也不会再恨我，我也能忘掉沙金吧。我这么想着，怀着暗暗告个别的打算，去哥哥家拜访，结果哥哥对我还是那样冷淡。去见沙金——结果忘了好不容易才下定的决心。每当此时，我是多么自责啊。

可哥哥却不知晓我的痛苦，只一味将我视作情敌。他骂我也没关系，朝我脸上吐口水也没关系，某些情况下，就是杀了我也没关系，我只希望哥哥明白，我有多么憎恶自己，又有多么同情他。这之后，无论怎么个死法，只要是死于他手，我就了无遗憾。不，应该说，比起近来的痛苦，倒不如干脆一死了之，这样不知道有多幸福呢。

我爱沙金，可同时也憎恨沙金。那女人生来多情，单是想到这一点，我就怒火中烧。她还总是撒谎。残害人命这种事，我和哥哥尚且犹豫迟疑，她下起手来却面不改色。有时，我看着她放荡的睡姿，常常疑惑自己为何会被这样的女人吸引。尤其当看到她对素不相识的男人也能坦然自若地展露身体时，我甚至想过，干脆杀死这女人算了。我是如此憎恨沙金，然而一旦看着她的眼睛，我依然又会陷入她的诱惑。没有谁能像她一样，同时拥有丑陋的灵魂和美丽的肉体。

哥哥似乎也不知晓我的憎恶。唉，他原本就不像我一样憎恶那个女人的兽心。比如，即便发现了沙金与其他男人的关系，他眼中所见与我所见也会完全不一样。不管看到沙金和哪个男人在一起，哥哥都会保持沉默。他纵容那个女人，把一切当作那个女人的一时兴起。可我却做不到这点。对我来说，沙金玷污肉体，同时也等于玷污了她的心，或许还比玷污内心更加严重。我当然不容许她的心移情别恋到别的男人身上。可是，比起这个，她委身其他人的行为更让我痛苦。正因为如此，我对哥哥也怀着嫉妒。尽管心中有愧，我还是嫉妒哥哥。这样看来，沙金与哥哥的恋情，同她与我的恋情，从一开始就是截然不同的。而这样的差异，又更加恶化了我们兄弟的关系……

次郎心不在焉地望着路面，沉浸在自己的思绪当中。恰在此时，路上不知从何处传来喧闹的笑声，搅动了刺眼的阳光。紧接着,高亢的女声和口齿不清的男声混在一起,旁若无人地讲着淫乱的玩笑。次郎不由得将折扇插回腰间,站起身来。

他从柱子下离开,正准备走下石阶时,一男一女已沿着小路南下而来,从他面前走了过去。

男人穿桦樱①直垂,戴软乌帽子,随意地佩着浮纹长刀,年纪三十上下,看着像是喝醉了的样子。女人穿白底儿带淡紫花纹的衣裳,头戴斗笠,斗笠上还罩了被衣②,然而无论从声音还是言谈举止,都能看出来人无疑就是沙金——次郎一边下石阶,一边紧咬双唇,移开视线。然而两人似乎都没注意到次郎。

"那就拜托你了,千万别忘了哦。"

"没问题。我既已应承下来,你就放宽心吧。"

"我可是把命都豁出去了,不上心可不行啊。"

男人哈哈大笑,长了少许红胡子的嘴巴张得都能看到喉咙口。他边笑边拿手指戳了戳沙金的脸颊。

---

①桦樱:衣物叠穿后形成的色调。表层绛红,里层为带紫色的淡红色。

②被衣:一种罩在头上,长度垂至后背的单衣,女子出门时穿着,以遮盖容貌。

"我也为你连命都不要了。"

"说得好听。"

两人从寺门前经过,走到次郎方才与猪熊老太婆分别的十字路口后,停下脚步,旁若无人地调了会情,不多久,男人几步一回头,频频调笑着拐过十字路口,朝东走远了。女人折返脚步,笑嘻嘻地走了回来——次郎立在石阶下面,心中涌动着不知兴奋还是凄凉的感情,迎上像不懂事的孩子一般涨红着脸,从被衣中窥探外界的沙金那双黑溜溜的大眼。

"看到刚刚那个家伙了吗?"

沙金掀开被衣,露出汗津津的脸,笑着问道。

"怎么可能没看到。"

"那个人呢——先坐下再说吧。"

两人并肩坐到下一级石阶上,幸而还有一株细瘦虬曲的赤松在寺门外投下树影。

"那人是在藤原家族检非违使手下当差的武士。"

快在石阶上落座时,沙金摘下斗笠,开口说道。她手脚娇小,动作间显出猫儿似的敏捷。沙金中等身材,年纪二十五六。可以说,她的容貌糅合了惊人的野性与非同一般的美丽。狭窄的额头与丰润的脸颊,亮泽的牙齿与放荡的嘴唇,锐利的眼睛与秀气的眉毛——看起来毫不协调的一切竟不可思议地融为一体，且不显分毫矛盾。其中尤为美丽的，是她那头披肩的长发。阳光照耀下，乌黑的长发浮起亮滑的青色光泽，宛如鸦羽。次郎憎恨这女人无论何时总是恒定不变的妖娆风情。

"然后就成你情人了吧。"

沙金眯起眼，笑着摇摇头，一副天真无邪的样子。

"那人蠢笨至极，我说什么就做什么，听话得像狗一样。托他的福，我把一切都摸清楚了。"

"你指什么？"

"还能有什么，就是检非违使宅子里的情况啊。他透露的还不止这些，刚才连买马的事都和我说了——对了，马就交给太郎去偷吧。说是产自陆奥的三岁马，还能值点钱。"

"是啊，反正哥哥什么都听你的。"

"又来了，我可不喜欢你嫉妒的样子。再说了，对太郎——我一开始是有些想法，可现在已经完全没把他当回事了。"

"我也会渐渐走上太郎的老路吧？"

"不知道啊。"

沙金又尖厉地笑了。

"生气了？那我要说不会呢？"

"你的心肠真如夜叉一般险恶。"

次郎拧着脸,捡起脚下的石块抛向远方。

"我可能就是夜叉呢。不过,被我这样的夜叉迷住,是你命里的因果报应——还是怀疑我吗?随便你吧。"

沙金说完,一声不吭地盯着道路看了会儿,而后锐利的眼睛突然转到次郎身上,唇角忽地掠过一抹冷笑。

"看你那么不相信我,我就告诉你一个好消息吧。"

"好消息?"

"嗯。"

沙金把脸凑到次郎近旁,淡妆的气味混着汗味,闷在次郎鼻尖——次郎涌起强烈的冲动,身体酥酥麻麻,不由自主地把脸转向沙金。

"我向那家伙坦白了一切。"

"你说了什么?"

"我告诉他,今晚所有人都要潜入藤原氏的检非违使家。"

次郎简直不敢相信自己的耳朵。喘不上气的感官冲动也在一瞬间烟消云散——他只能狐疑又愕然地回看沙金。

"用不着那么惊讶,没什么大不了的。"

沙金稍稍压低声音,似是嘲讽般说道。

"我是这么说的。我对那家伙说，我的卧室就靠着临路面的柏木栅栏，昨晚路边来了五六个男人，肯定是贼人，我听他们商量着要去你的地盘，时间就在今晚。看在和你相熟的分儿上，我才把这事告诉你，你得当心提防着，不然就危险了。今晚那帮人肯定做了周密的安排。那家伙现在去召集人手了。到时候肯定会来二三十个武士。"

"你怎么又要多此一举？"

次郎仍然忐忑不安，他看着沙金的眼睛，不知如何是好。

"这可不是多此一举。"

沙金露出险恶的笑，左手轻轻抚上次郎的右手。

"我这么做是为了你。"

"什么意思？"

次郎说着，心里感到一阵恐惧。难道——

"还不明白吗？我先把消息透露出去，再让太郎去偷马——这下懂了吧。他再怎么厉害，终究不能以寡敌众。可想而知，外人会成为我们的助力。如此，对你我不是美事一桩？"

次郎心中寒意森森，浑身上下有如被人浇了冷水。

"你要杀了哥哥！"

沙金摆弄着扇子,坦率地点点头。

"杀他不好吗?"

"不是这么说——可设计害他——"

"那让你去杀?"

次郎感觉沙金的眼睛有如野猫般锐利,死死地盯住了自己。那双眼睛里蕴含着恐怖的力量,试图逐渐麻痹自己的意志。

"可这样做太卑鄙了。"

"卑鄙又怎样,这不是没有别的办法了吗?"

沙金丢开扇子,双手紧紧抓住次郎的右手,如此逼问道。

"这种事哥哥一个人去也够了,没必要把大家全都推入险境——"

话至此处,次郎心里咯噔一声。这个狡猾的女人自然不会错失如此良机。

"一个人去就够了?为什么?"

次郎抽开双手站起身。他脸色大变,一言不发地在沙金面前左右踱步。

"要是杀了太郎也未尝不可,那同伙死几个也没什么吧?"

沙金仰视着次郎的脸，嘴里迸出这么一句。

"婆婆怎么办？"

"死了就好了。"

次郎止住脚步，俯视沙金的面容。她的眼里燃烧着侮蔑与爱欲，如炭火般火热。

"为了你，谁都可以杀。"

沙金的话似带着蝎子的毒刺，次郎又一次产生战栗的感觉。

"可哥哥他——"

"我不也舍弃了自己的父母吗？"

沙金说完垂下眼帘，紧绷的神色迅速和缓下来。她在太阳下闪着光，眼泪扑簌簌地落在晒得发烫的沙地上。

"我已经告诉那家伙了——事已至此，覆水难收——要是事情败露，我——我肯定会被大家——被太郎杀了。"

跟随着沙金断断续续的话语，次郎心中逐渐泛出孤注一掷的勇气。他面无血色，一言不发地跪在地上，冰冷的双手紧紧攥住沙金的手。

两人从紧握在一起的手中感受到了可怕的承诺之意。

五

太郎掀开白布，一只脚踏进屋内，随即被眼前出乎意料的一幕震住——

只见不太宽敞的屋子里，通往厨房的一扇拉门斜倒在木编屏风上，熏着驱蚊香的素烧陶器一分为二，碎片散落在地上，大概是拉门倒下时打破的，上面洒满了尚未烧尽的青松叶与香灰。一个卷发、容貌不佳、身材肥胖、十六七岁的婢女浑身沾满香灰，头发被因酗酒而发胖的秃老头揪住，怪模怪样的麻布单衣前襟已被扯得乱七八糟，袒露出上身，她的腿四处乱蹬，像疯了一样发出哀鸣——老头左手揪着婢女的头发，右手高高举着个豁口瓶子，想把瓶里的黑褐色液体硬灌进婢女嘴里。然而液体只流到婢女脸上，给她的眼睛、鼻子全覆上一层淡淡的黑色，几乎没有流到嘴里去的。老头于是越发急躁，硬要掰开婢女的嘴巴。婢女大力摇头，一滴也不喝，揪在老头手里的头发几乎都要被她的动作扯掉。两人的手脚时而交缠，时而分离，突然从亮堂的地方转入昏暗的屋里，太郎已分不清哪个是哪个了，不过，那二人是谁，自然只消一眼便可得知——

太郎连脱草鞋都嫌慢，急匆匆地跳进屋里，一下抓住老头的右手，不费吹灰之力地夺走瓶子，怒气冲冲地喝问道：

"你在做什么？"

太郎尖锐的问话一下被老头反咬了回去。

"我倒要问你，你想干什么？"

"我？我要干这个。"

太郎丢开瓶子，又把老头的左手从婢女发间拉开，抬腿就是一踢，把老头踢倒在拉门上。大概是被突如其来的外援给吓住了，阿浓慌忙爬开一两间远，见老头倒在身后，就像拜神一样，在太郎面前双手合十，哆嗦着低头致谢，旋即连凌乱的头发都顾不上梳理，就像逃脱的兔子似的转过身，赤脚跑到外廊下，一头钻出白布门帘外——老头猛地起身欲追，又被太郎一脚踢倒在香灰里。此时，阿浓已经气喘吁吁地跑过枇杷树下，跌跌撞撞地向北逃去了……

"救命啊，杀人啦。"

老头没了先前的气劲，大声叫唤着，踩倒木编屏风，向厨房逃去——太郎迅速伸长猿臂，抓住老头浅黄色的水干衣领，一把把他揉倒在地。

"杀人了，杀人了，救命啊，弑父啦。"

"胡言乱语，谁要杀你？"

太郎拿膝盖抵着老头，高声嘲笑道。然而与此同时，一股杀死老头的强烈欲望难以抑制地喷涌而出。毋庸置疑，杀这个人易如反掌，只消戳上那么一下——只要在老头皮松肉弛、发红的脖子上戳一下，一切就一了百了了。刀锋刺穿人体，没入草垫的手感顺着刀柄传来，临死之际的痛苦挣扎与由此推回刀身的反力，造成漫溢而来的血腥——诸般想象使得太郎的手自动按到青藤缠缚的长刀刀柄上。

"撒谎，撒谎，你一直都想杀我——啊，有没有人哪，救命啊，杀人了，弑父了。"

猪熊的老头大概已经看透了太郎所想，他在自己的屋子里拼命叫喊，挣扎了一阵，企图一跃而起。

"你为何要那样对阿浓？给我说清楚，不然的话……"

"说，说——我说，我就是说了也得看你的心情。你还是想杀我吧？"

"别废话，说不说？"

"说，说，我说。你先把我放开，这样我喘不上气，说不利索。"

太郎充耳不闻，不耐烦地又问了一遍，声音里杀气腾腾。

"说不说？"

"我说。"猪熊老头扯起嗓子，身体依然推搡挣扎着，

边挣扎边说:

"我说。我只是想让她喝药。阿浓那个蠢货怎么都不肯喝,我就不知不觉对她动粗了,就是这样。不不,还有,熬药的是老婆子,别的我什么都不知道。"

"药?是堕胎药吧?她就是再傻,你也不该出于厌恶,抓着她施暴。"

"你看,是你叫我说的,说了你还要杀我,你这个刽子手,恶棍。"

"谁说要杀你了?"

"你要是不准备杀我,为什么把手按在刀柄上?"

老头抬起汗涔涔的秃头,上翻着眼珠仰视太郎,嘴角积着浮沫,如此叫嚷道。太郎猛然一惊,心念急转:眼下正是杀他的大好时机。他不由自主地把膝盖压得更低,握紧刀柄,一动不动地盯着老头脖颈周围。所剩无几的斑白毛发覆盖了老头的一半后脑勺,其下是在红色的鸡皮褶子上延展的两根筋,不甚显眼——太郎看着老头的脖颈,竟不可思议地产生了怜悯之意。

"刽子手,弑父啦,骗子。弑父啦,弑父啦。"

老头连声叫喊着,终于从太郎膝下挣开起身。一直起身,他就迅速扶起倒地的木编屏风,挡在身前,眼珠滴溜溜地四处乱转，瞅个空当就想逃出去——眼见老头一片红肿、鼻歪眼斜的狡猾面相，太郎这才为没有杀他感到后悔。他的手缓缓离开刀柄，唇边浮起自怜的苦笑，不情不愿地坐到身边的旧草垫上。

"我的刀不会杀你。"

"你杀我就是弑父。"

老头看到太郎这副模样，松了口气，慢慢从屏风后一点点蹭出来，自己也忐忑不安地坐到了太郎斜对面。

"杀你为何便是弑父？"

太郎看着窗户，嘴里的话吐露而出。把天空切出个四方形的窗户当中，枇杷树叶正反两面承接日光，在无风静止的梢头悄悄积攒起明暗各不相同的绿意。

"就是弑父——要说为什么嘛，沙金是我继女，以你和她的关系，不就等于是我孩子了吗？"

"那和继女有夫妻之实的你算什么？是畜生还是人？"

老头摆弄着方才因争执扯破的水干服袖子，哼哼唧唧道：

"就算是畜生，你也不能弑父。"

太郎歪着嘴嘲讽一笑。

"嘴上说得还是这么冠冕堂皇。"

"什么冠冕堂皇？"

老头突然目光锐利地斜瞟向太郎,然而没多久又哼笑着说:

"那我问你,你把我当父亲吗?不对,应该说,你能把我当父亲吗?"

"这还用得着问?"

"做不到吧?"

"嗯,做不到。"

"你这是自私自利。你看,沙金是老婆子带来的女儿,但不是我的亲生孩子。如果我和老婆子结为夫妻,就必须把沙金当作自己的孩子,那和沙金结为夫妻的你,也必须把我当作你的父亲。可你根本不这么想,别说当父亲了,有时甚至还要下手揍我。你对我这个样子,却单单要求我把沙金当成自己的女儿,这是什么道理?我不该与沙金有夫妻之实,又是什么道理?如果与沙金有了夫妻之实的我是畜生,那意图杀害父亲的你不也是畜生吗?"

老头面上扬扬自得,褶皱密布的食指戳在太郎眼前,眼里精光毕现,嘴上滔滔不绝。

"怎么样?不讲道理的是我还是你?这点儿道理你怎么都该明白的吧?再说了,我和老婆子是旧相识,从我还在左兵卫府做杂役的时候就认识了。我不知道老婆子对我什么想法,反正我那时一直爱慕着她。"

太郎万万没想到会在这种场合下,从这个狡猾下流的酒鬼嘴里听到这样的往事。不,应该说,他甚至一向怀疑这个老头究竟有没有寻常人的感情。爱人的猪熊老头,被爱的猪熊老太婆——太郎发现自己脸上自动浮上了一抹微笑。

"后来,我发现她有个情人。"

"那你不是招她烦吗?"

"她有情人又不能证明她讨厌我。你要再打断,我就不说了。"

老头板起脸说了这么一句,不过很快又膝行着蹭到太郎跟前,咽着口水讲述起来。

"那时,她怀了情人的孩子,不过这都是小事,唯一让我惊讶的是,生下孩子后,她很快就没了踪影。我找人打听,有的说她得瘟疫死了,有的说她去了筑紫。后来又听人说,她临时寄居在什么奈良坂的亲戚家里。自那以后,我一下子觉得人世索然无味,于是酗酒赌博,最后甚至受人引诱,彻底堕落,走上了强盗的路子。偷斜纹缎子、织锦的时候,看着那些东西,我唯一想起来的就是老婆子。十年过去了,十五年过去了,机缘巧合下,我终于又遇到了她——"

老头眼下已经完全和太郎坐到了一起。话至此处,他渐渐激动起来，大概是因为这个，他一时间默默垂泪，打湿了脸颊，嘴巴只无意义地张合着，没有发出声音。太郎抬起仅剩的一只眼，像完全不认识似的观望老头要哭不哭的脸。

"我一看，老婆子已经大变了样，而我也不是曾经的我了。然而她带在身边的孩子沙金，却和曾经的她极为相似，几乎让我错以为过去的那个老婆子又回来了。于是我想，要是现在与老婆子分别，那就不得不与沙金分别，如果不想与沙金分别，我就只能和老婆子在一起。好吧，既然这样，那就娶她为妻好了——决定好以后，我们就凑成了这个猪熊的贫困之家……"

老头哭丧着一张脸凑到太郎脸旁，哽咽着说道。一股先前未曾发觉的刺鼻酒气也随之喷薄而来——太郎惊得目瞪口呆，以扇掩鼻。

"从始至终，我爱如生命的唯有曾经的老婆子，也就是如今的沙金一人。你一逮到机会便骂我畜生，就这么恨老头子我吗？那不如干脆把我杀了，就在此时此地。死于你手也算遂了我的愿。不过你可听好了，既然想杀父亲，那你也是畜生。畜生杀畜生——挺有意思的吧。"

随着眼泪干涸，老头又渐渐恢复如初，说出赌气的恶言恶语，皱纹密布的食指同时一个劲儿地对着太郎点来点去。

"畜生杀畜生。来杀我吧，你这卑鄙小人。啊哈，我刚才给阿浓灌药，你大发雷霆，看来搞大那蠢货肚子的人是你吧？你要不算畜生，还有谁能称得上畜生？"

老头说着，飞快退到倒地的木编屏风另一头，嘴里哎呀叫唤，流露逃跑之意，青紫的脸扭曲歪斜，看着令人生厌——太郎不堪谩骂，站起身的同时把手按到刀柄上，却又顿住动作，他的嘴唇急速抖动，冷不防朝老头脸上吐了口痰。

"刚好配你这种畜生。"

"先别急着嚷嚷畜生畜生，沙金是你一个人的吗，她不也是次郎的女人吗？你偷了弟弟的女人，你也是畜生。"

太郎再度后悔先前没杀了这老头，然而与此同时，他又为心生杀意一事感到后怕。他仅剩一只的眼里闪着火光，一言不发地踢开草垫，准备就此离去——于是，猪熊老头又在身后晃着手指大放厥词。

"你不会真信了我刚才说的话吧？那全是骗你的。老婆子与我相识已久是假，沙金长得像老婆子也是假的。听到没，全是假的。可就算要谴责，那也轮不到你。我是骗子，是畜生，是差点就被你杀了的人渣……"

老头大肆唾骂着，渐渐口齿不清，愈显浑浊的眼里积起极致的憎恶，跺着脚连连叫嚷一些意味不明的话——太郎难掩心中的嫌恶，掩住耳朵，匆匆离开了猪熊老头的家。外面日头略微西斜，燕子依然在空中翻飞——

"去哪里呢？"

太郎走到屋外，不自觉地歪歪脑袋，突然想起自己来猪熊是为了见沙金。可去哪里能见到沙金呢，太郎毫无头绪。

"算了，就去罗生门等到太阳下山吧。"

太郎做出这个决定，当中自然隐含了些许碰到沙金的念想。沙金入夜要行窃的时候，通常都喜欢做男装打扮。那些衣物和武器都收在罗生门楼上的皮箱子里——太郎做好决定，就迈着大步，沿小路往南走去。

而后，他在三条大道往西拐，沿尔敏川对岸直下四条大道——就在走上四条大道的时候，他看到了一町开外的一对男女，那对男女正沿着大路往北走，边聊边从立本寺的院墙下走过。

穿枯叶色水干服的男人与着淡紫色罩衣的女人身影交叠，穿行在一条条小路上，沿途留下愉快的笑声。眼花缭乱的燕群中，男人的黑鞘长刀在阳光下晃了个眼，二人随即便从太郎眼前消失了。

太郎沉下脸，不知不觉在路边停下脚步，痛苦地低喃：

"说到底，所有人都是畜生。"

六

夏日夜晚暗得很快，亥时初刻早早临近——

月亮还没升上来，入目所及，整个京都静静地沉睡在浓重的暗色里，唯有加茂川河面在隐约几点星光的照耀下微微泛白，就连纵横交错的大小道路上，灯影也逐渐熄灭，皇宫、荒滩、店铺，全都模糊了形状、色彩，只在静谧的夜空下漫无边际地铺展开来。右京与左京也分不清了，处处静谧无声，偶尔入耳的，唯有斜斜飞过的杜鹃鸣啼。要说当中还有丁点烟火气、隐隐的些许人声，那大概是来自香火弥漫的大寺内殿，金漆铜绿覆了薄薄一层的孔雀明王画像前，就着长明灯火祈祷的斋戒人士吧，要不然就是四条大桥或五条大桥下，点燃垃圾度过短夜的一群乞丐和尚，又或是夜夜恐吓往来行人的朱雀门古狐，也可能是瓦顶上、草丛里，若隐若现的鬼火之类吧。除此以外，北起千本，南至鸟羽街道尽头，飘浮着蚊香气味，掩埋在夜色深处的一带全都沉沉地陷在黑暗里，似乎浑然不知河滩边吹动艾草的微风。

此时，王城以北，位于朱雀大道尽头的罗生门附近，不合时宜的弓弦声如蝙蝠振翅一般此呼彼应，装扮怪异的人渐渐从不知何处聚集起来，时而一人，时而三人，时而五人，时而八人。透过不甚明亮的星光看去，他们有的佩刀，有的背箭，有的执斧，有的拿戟，所有人都装备上各自擅长的武器，穿着绑腿草鞋，麻利地成群拥向通往门前的石桥，列成一队——打头的是太郎。太郎其后，猪熊老头好似忘了先前的争端，手上的戈尖在暗色中冷光凛凛，再往后是次郎、猪熊老太婆，稍远处还有阿浓。众人正中，沙金穿黑色水干，佩长刀，背箭筒，挂箭弓，环视众人，张开她娇艳的双唇——

"听好了，今晚的对手比以往任何一次都难缠，大家做好心理准备。前面的十五六个人跟着太郎从后门进，后面的随我走正门。注意，后门的马厩里有一匹陆奥马，偷马的事就交给你了，太郎，没问题吧？"

太郎原先一直沉默地看着星星，听到这里，他歪起嘴角，点了点头。

"事先说明，不能将女眷劫作人质，否则不好善后。好，人都到齐了，那就出发吧。"

沙金说完，举起弓箭作势出发，她回头看了一眼咬着手指，孤零零站在稍远处的阿浓，和善地添上了一句。

"你就在这里等着吧。一两刻后大家就回来了。"

阿浓像孩童一样，懵懂地看着沙金，无声地点了点头。

"出发吧。小心行事，多襄丸。"

猪熊老头夹着戟，回看向身旁的同伴。穿暗红色水干的男人弹弹刀挡，"嗯"了一声，没有应答。倒是肩扛斧头，长着青色胡茬的一个男人从旁插道：

"你也是，别再被影子吓到了。"

话音落下的同时，二十三个盗贼齐齐发出憋笑声，与此同时，以沙金为中心，一帮人如同阴云群集，带着一团杀气拥向朱雀大道。沟中溢出的泥水进向一个个坑洼，没入黑暗中，倏忽间已不知去向何处……

盗贼走后，唯余罗生门高高的屋顶背向月亮即将初升的微明天空，寂然无声地俯瞰着大道。又有杜鹃的鸣啼或远或近，断续传来。此前一直伫立在七丈宽、五层高大石阶上的阿浓也不见了，不知去了何处——然而没多久，门上的城楼里亮起忽闪的火光，一扇窗户嘎吱打开，女人的小脸出现在窗边，眺望远方的月出。阿浓就这样俯视着下方逐渐亮起的京都街道，每每感到腹中婴儿的胎动，她就独自露出开心的微笑。

七

次郎面对两个武士和三只狗，一边挥舞着染血的长刀，一边似退非退，沿小路南行了两三町远。他现在已经无暇顾及沙金的安危，对面的武士仗着人多势众，一刻不停地挥刀劈来，狗也耸起毛发倒竖的脊背，不分前后，一个劲儿地往前飞扑。此时正好有月光，四周被月光照亮，尽管隐约，倒也不会看错劈来的刀锋——次郎身处其中，四面都被人与狗围住，竭力与之拼杀。

要么杀了对方，要么为对方所杀，两者中只有一条活路。次郎心下已有觉悟，与此同时，一种几乎脱离常规的凶悍勇气一刻不停地强化他的力量。他一边接住对面的攻势，反杀回去，一边猛然侧身，躲过意欲袭击自己脚底的狗——两个动作几乎发生在同一瞬间。非但如此，有时他甚至必须在挥刀一击后当即反抡向后，抵挡身后袭来的犬牙。不知何时，次郎终究还是受了伤，透过月光看去，只见一道黑红的细流渗入汗中，自他左鬓流下。然而，殊死拼杀的次郎根本感觉不到丝毫疼痛，在他失去血色的脸上，秀挺的眉毛皱成了一字形，次郎的乌帽子也掉了，水干服也破了，只顾着左右挥舞长刀，宛如被刀操控了一般。

这样的缠斗不知持续了多长时间，不过没多久，其中一个举刀过顶的武士突然上半身后仰，发出凄厉的惨叫，次郎的刀早已斜刺入男人侧腹，大概一直划到了腰间。切骨之声沉钝响起，横扫而去的刀光打破晦暗——随即挥入半空，在另一个武士的刀恰好自下而上扫来之时，深深砍进那武士的手肘。武士当即往来时的方向溃逃而去。次郎紧追上前，几乎在他提刀欲刺的同一时间，其中一条猎犬像皮球一样纵身一跃，咬住了他的手。次郎后退一步，高高抡起的染血长刀下，全身的肌肉一下卸了劲，眼睁睁看着武士在月光下逃走的黑色背影。与此同时，他仿佛噩梦初醒，这才发现自己眼下所在的地方，不是别处，正是立本寺门前——

约莫半刻前，正面袭击检非违使宅邸的一群贼人，被自中门左右，牛车房内外骤然射出的箭雨吓破了胆。真木岛的十郎打了头阵，大腿深深扎入箭头，脚下打滑似的咕咚倒地，随后的瞬间，又有两三个贼人或破相，或胳膊挂彩，慌忙转身逃窜。弓箭手人数几何自然无人知晓，唯有着色、未着色的箭羽尖头混着森森的鸣镝声，又一次齐齐飞来。最后，连落在后面的沙金，都被流箭斜斜刺穿了黑色的水干衣袖。

"别让头儿受伤。射，快射，我们也有箭。"

关山的平六把斧头往地上一刹，厉声喝道。众人应答一声，贼人堆里立时便又传出了喊杀声。手握刀柄，依然退居人后的次郎从平六的话里听出了谴责之意，他故作掩饰，从旁悄悄斜觑沙金的脸。喧闹声里，沙金依然冷淡地立于人群当中，

她有意背对月光,手拄弓箭,紧盯着交错纷飞的箭,毫不掩饰嘴角的微笑——这时,平六又一次焦急地喊道:

"为何弃十郎于不顾?难道怕箭怕死,就要眼睁睁看着同伴丧命吗?"

十郎的大腿被箭射穿,他估计是想站又站不起来,便拄刀在地上膝行,挣扎着躲避飞箭,恰如一只遭人拔了毛的乌鸦。次郎眼见此景,心里生出异样的战栗,不由自主地拔刀出鞘。然而平六见了,却只冷眼斜觑过去,嘲讽似的放言道:

"你跟好头儿就行了。十郎这个境况,再多小贼都救不了。"

次郎听出了话里的讽刺与侮辱,他紧咬双唇,目光锐利地回看向平六——恰在此时,震耳欲聋的号角声响起,纷飞的箭雨里,六七条耳尖齿利的猎犬打着沉闷有力的呼噜,一溜烟地自门内应声而出,卷起的白烟在夜色中依然清晰可见,给为救十郎而乱哄哄跑过去的贼众来了个先发制人。其后又有十个、十五个武士陆续现身,个个手持武器,争先恐后,挤挤攘攘地拥到屋外。贼人们自然也没有徒作旁观。抡起斧头的平六打头阵,贼众在刀戈剑戟林立的凛凛冷光中,忽地发出非人非兽、意味不明的声音,神色也不似刚开始那般畏惧。所有人齐齐恢复警戒,猛然拼杀过去。眼下,沙金也已将黑羽箭搭上弓弦，依然微笑的脸上浮起一抹杀气，她迅速把小盾牌抵在路边坍塌的土墙上，摆好迎战的架势——

不多时，敌我双方混作一团，所有人疯狂地嘶喊，在十郎倒下的地方互相缠斗，猎犬也发出渴血的洪亮吼叫，双方一时间难分胜负。贼众中一人绕到后头，他脸上糊满汗水、尘土，身上受了两三处轻伤，浴血冲刺。扛在肩上的刀刃缺口昭示出此人也经历了一场异常艰难的厮杀。

"那边所有人都准备回撤了。"

男人就着月光来到沙金面前，气喘吁吁地说：

"领头的太郎被他们包围在门内，现在乱得很。"

沙金和次郎陷在昏暗的土墙影子里，不由自主地对视一眼。

"被包围之后呢？"

"不清楚。可万一——不会的，那可是太郎，肯定不会有大碍。"

次郎掉转脸，从沙金身边走开。前来报信的小贼自然并未把次郎的举动放在心上。

"老爷子和婆婆好像也受了伤，看那阵势，死了得有四五个人。"

沙金颔首，像追着次郎一般，厉声道：

"那我们也撤出吧。次郎,你吹一下口哨。"

次郎脸上失去了一切表情,他把左手手指含在嘴里,吹出两声尖锐的口哨。这是只有他们自己人才懂的撤退指令。然而贼人们听到口哨声,却没有回身折返(其实是被人和狗围困其中,没法撤退的缘故)。口哨声刺破闷热的夜空,徒然消失在小路那头。其后,人的喊声、狗吠声、刀剑撞击声惊扰了远空的星子,更显骚乱。

沙金仰望月亮,眉宇一皱,有如一道闪电划过。

"罢了,那我们撤吧。"

话音未落,次郎像是没有听见似的,又一次含起手指,准备再次吹响口哨。便在此时,几个盗贼骤然防御溃乱,呈左右方向散开,当中出现一队人和狗,朝沙金与次郎逼近——下一刻,弓弦振鸣之声自沙金手中响起,当先的一条白狗被黑羽箭射中腹部,哀鸣着倒在地上。细看去,斑斑黑血从狗腹处滴落到沙地上。然而紧随其后的男人毫不畏怯,挥刀横扫次郎。次郎几乎下意识地接住了刀招,男人的刀锋砍在次郎刀上,铿锵作响,瞬间火花四溅——此时,次郎就着月光,看清了男人汗津津的红胡子和开裂的桦樱色直垂。

他眼前立时浮现出立本寺门前的一幕。与此同时,一个可怕的疑虑冷不防向他袭来。莫非沙金已与这个男人勾结,除了哥哥以外，还要取自己的性命？次郎电光石火间闪过这个念头，怒火烧得眼前一黑，他像只兔子似的从男人刀下跳开，双手紧握大刀，奋力刺入男人胸口，穿着高筒草鞋的脚狠狠踩在轰然倒地的男人脸上。

次郎手上传来沾染了男人鲜血的温热触感。刀尖碰上男人肋骨，遇到一股明显的阻力。垂死挣扎的男人一次次啃咬踏在面上的高筒草鞋，那感觉也自次郎脚底传来。这一切无疑给次郎带来了复仇的快感。可与此同时，一股难以名状的无力感也向他侵袭而来。要不是碰上这个男人，他恐怕早已破罐子破摔，只管休养生息了吧。然而，在他脚踩男人脸面，把滴血的刀从男人胸口拔出来的过程中，好几个武士已从四面八方围了上来。有一个从次郎身后悄悄靠近，长矛尖锋已经对准了次郎后背，危机乍现。然而，那人出其不意地晃到次郎面前，矛尖刚刚割裂次郎的水干衣袖，就突然脸朝下倒了下去。原来，一支黑羽箭穿风破空，晃了一晃，猛地深深扎入了那人的后脑勺。

之后发生的一切对次郎而言恍如梦中。面对四面八方落下来的刀招，次郎发出野兽般的低吼，逮到谁就和谁打成一团。四周沸反盈天，分不清是人声还是其他什么声音，还有出没在其中，血汗密布的人脸——除此以外，次郎的视线里再也容不下其他。唯有留在后方的沙金,依然不时在他心间闪现,有如刀锋上迸溅的火花。然而甫一闪现,又会被一刻刻逼近的生死危机扑灭。于是又只剩刀呼箭啸无休无止地沸腾在被土墙堵住的小巷里,就像遮天蔽日的蝗虫发出的振翅声一样——次郎身陷其中,不知何时,在两个武士和三条狗的追逐下,他开始一点点往南移动。

次郎原本想着,若杀了对方一人,再赶跑另一人,那便只剩下狗,就没什么可怕的了。然而这最终只不过是他的妄想而已。狗是只有三条,可无论从体形还是毛色上,条条都是品质优良的褐色斑点狗,品种优良,便是与牛犊作比也只大不小。狗嘴边都沾着人血,照旧从左右两边袭击次郎脚底。才踢中一条狗的下巴,另一条又立马跃到肩膀前面。与此同时,第三条狗还试图咬上握刀的手。而后,三条狗又像旋涡一样,围着次郎打转,尾巴上竖,下巴抵在前腿,像在闻沙子似的,嘴里狂吠不止——原本因杀了对方武士卸下劲来的次郎,面对猎犬的紧逼不舍,反倒比先前更觉棘手了。

并且,心里越是急躁,挥出的刀招越是次次落空,眼看着快无立足之地了。猎犬瞅准空隙,喷着热气,越发不知疲倦地发起近身肉搏。事已至此,唯有一计可行。于是,次郎一边怀揣着要是狗追乏了,说不定就能找到一条逃生路的微薄希望，一边拖着招招落空的刀，从正瞄准自己脚底的狗背上跳了过去，借着月光一个劲儿地朝前跑。然而，他的举动本就无异于溺水之人企图抓住救命稻草。狗见次郎跑了，齐齐卷起尾巴，排成一列，后腿蹬起阵阵沙尘，跟在次郎身后穷追不舍。

不过，事实上，次郎的企图不仅仅是落空。因为这个举动，反倒令他入了虎口——千钧一发之际，他在立本寺前的十字路口折向西边，可还没跑出两町远，比坠在身后的狗吠更为庞杂的狗叫声突然破开夜空，贯穿了他的耳朵。而后，他看到月光下泛白的小路被狗群堵得严严实实，宛如一片黑云下长出了脚，狗群东奔西突，好像是在抢食。最后——几乎不容片刻喘息，身后的一条猎犬很快赶上他，狂吼怒叫，像是召唤同伴一样。于是，疯狂的狗群尽数你呼我应，齐齐狂吠，转眼间已将次郎围在鲜活的、带着腥臊气息的毛皮旋涡里。深夜，小路上集结起如此规模的狗群，本就不同寻常。原来，这十几二十条睥睨废都的野狗，是嗅着血气聚到这里来的。狗群自傍晚时分啃噬丢弃在这里的病女人，彼此龇牙咧嘴，争夺那些破碎骨肉。次郎来到的就是这样一个地方。

野狗见到新食物，瞬息间宛如狂风吹飞的稻穗，从四面八方飞奔到次郎面前。一条魁梧的黑狗跃过刀锋，一条没有尾巴、形似狐狸的狗自背后袭击，掠过次郎肩头，鲜血淋漓的唇须仿佛冷冷擦过他的脸颊，紧接着下一刻，满是沙土的腿毛又斜斜拂过他的眉间。无论拼杀还是突围，次郎都无从下手，身前身后只看得见青光闪烁的眼睛和喘息不止的嘴巴。不计其数的眼睛和嘴巴挤满小路，密密麻麻地逼近次郎脚边——次郎挥舞着长刀，猛然想起猪熊老太婆的话。"横竖是个死，不如狠狠心死了算了。"他在内心如此呼喊着，痛快地闭上眼睛。即将咬上喉咙的狗将热息喷吐到次郎面上，次郎又情不自禁地睁开眼，挥刀横扫过去。这套动作重复了多少次已不可知。其间，或许是胳膊逐渐失去力气，他挥出去的刀一次比一次沉重。现在，踏在地上的脚也陷入了险境。野狗的数量远远超过已被斩杀的狗，它们有的从狗尾巴草丛，有的从土墙缺口钻出，源源不断地聚拢过来——

次郎抬起绝望的眼，瞥了眼天边的小小月亮，双手依然摆出持刀的架势，电光石火间同时想起了哥哥与沙金。意欲杀害哥哥的自己反倒要被狗啃食殒命，没有比这更极致的天罚了——想到这里，他的眼里不由得浮起泪光。狗可不会放任次郎想东想西。先前追捕次郎的三条猎犬之一轻巧地摇了摇带斑点的褐色尾巴，下一刻，次郎感觉左大腿已被利齿咬住。

就在此时，披着月光的两京二十七坊夜色深处，遥遥传来嗒嗒的马蹄声，如同风起半空，盖过了嘈杂的狗吠。

却说另一头,此间,唯有阿浓还带着安详的微笑,静立于罗生门城楼,遥望月出。东山上显出微明的青,因日光亏下去的月亮徐徐地、孤零零地升上半空。随着月亮升空,加茂川上的桥不知何时也在波光粼粼的水面上浮出暗影。

不只是加茂川,阿浓眼下一直藏着死尸味道的、黑暗的京都街道,也在短短一瞬间镀上一层冷光,如今俨然传说中越国人所见的海市蜃楼。给九轮塔顶和寺院屋顶蒙上了似有若无的光,隐约的光亮和阴影雾蒙蒙地包罗了万物。环绕街道的群山,大概也因返还白天的余温,使得山顶在朦胧的月光下模糊不清,每一座山峰都隔着浅淡的雾霭静静俯瞰荒废的街道,像是凝神思考着什么似的——当中,带着些微凌霄花香,占满城门左右两边的竹林中探出簇簇花朵的枝蔓,如今应已缠绕在古旧的门柱边,爬到了摇摇欲坠的瓦片和搭起蛛网的椽子上……

倚在窗边的阿浓张大鼻孔,沉醉地嗅着凌霄花的花香,思绪一刻不停,从牵挂的次郎,想到正在肚子里闹动静、盼望早些见到阳光的胎儿,漫无边际——她已不记得自己的双亲,连出生之地也忘得一干二净。只记得年幼时,有一次不知被谁抱着还是背着,从和罗生门差不多的朱漆大门下走过。但这段记忆真实度几何,自然无从确认。总之,她肯定打记事以后才有了记忆,而记忆里又全是忘了反倒更好的事情。有时,街上的孩子们欺负她,把她从五条大道的桥上倒推下河滩;有时,因为忍不住饿而行窃,她就赤身裸体地被人吊在地藏堂的房梁上。后来,她偶然间被沙金救下,就顺其自然地加入了强盗团伙。然而即便如此,遭受的折磨依然一如从前。她虽生来近乎痴呆,却也能够感知到痛苦。但凡不合猪熊老太婆的意,她经常就要被暴打一通;老头子喝醉了,也时常借着酒劲故意难为她。就连平时照拂自己的沙金,一旦被触怒,也会揪着她的头发推来搡去。外面的强盗们就更不用说了,打起她来毫不留情。每当此时,阿浓总会逃到罗生门上独自啜泣。要不是次郎过来,时常温言安慰,恐怕她早已跳下城楼,化为孤魂了吧。

似是煤一样的东西轻飘飘地在月光下翻飞,自瓦顶下飘过窗外,升上淡蓝的天空。不用说,自然是蝙蝠了。阿浓将视线投向空中,入迷地眺望疏淡的星星——腹中的胎儿又闹腾了一阵。她连忙侧耳细听,感受腹中的动静。胎儿闹腾着,想来体味为人之苦,好似阿浓内心为逃离为人之苦而生的煎熬。然而阿浓没往这上面想。唯有为人母的喜悦,自己也能当上母亲的喜悦,就同凌霄花的花香一般,早已满满占据了她的心。

沉浸在喜悦中的阿浓忽然想到,胎儿闹腾会不会是因为睡不着觉呢?可能怎么都睡不着,于是就活动那小小的手脚,说不定还在哭。"好孩子,乖乖睡觉,马上要天亮啦。"——她对胎儿低语道。然而腹中的动静似乎要停,却又没有就此停止,阿浓甚至渐渐积聚起越来越强烈的疼痛感。她离开窗边,蹲在窗下,背向三角灯台上的晦暗火光,柔声唱起歌来,安抚腹中的胎儿。

若有撇下你

移情他人之心

那波浪翻越不过的末之松山

恐怕也会被波浪吞没

那波浪翻越不过的末之松山

恐怕也会被波浪吞没

歌声如同灯火一般,逐渐飘忽散去。与此同时,无力的呻吟隐约流泻而出,仿佛对黑暗发出了邀请。阿浓唱到一半,下腹突然感受到一股锐痛。

贼人们被准备周全的武士打了个措手不及。偷袭后门的一队人马遭遇箭雨,士气大挫,打开中门的武士们又让贼人们吃了大苦头。好几个人原本冲在前面,没把对方放在心上,心道充其量也就不入流的小小武士,这会儿却乱了阵脚,转身就逃——这当中,胆小的猪熊老头跑得比谁都快,却不知怎么弄错了方向,误打误撞下跑到拔刀所向的武士们中间去了。老头喝酒养出的肥胖体形,和那像煞有介事地提在手里的长矛,大概让武士们错将他当成了有点本事的厉害角色。武士们看到他,彼此使个眼色,两三个人将刀锋齐齐对准老头,或前或后,朝他缓缓逼近。

"冷静,我和你们主人是一家人。"

猪熊老头痛苦至极,张皇失措地叫喊道。

"撒谎——我们会蠢到上你的当吗?还不束手就擒。"

武士们一个个张口大骂,已准备挥刀砍人。事已至此,就是想跑也跑不了了。猪熊老头面如死灰。

"哪有撒谎,我哪有撒谎啊。"

他瞪大眼,频频环顾四周,焦急地寻找逃跑路线。他的额上渗出冷汗,手也止不住地打战。然而放眼望去,所见唯有贼人与武士正在进行惨烈的生死搏斗。静谧的月色下,激烈的刀剑争鸣与喊打喊杀声却从混作一团的敌我阵营中源源不断地升腾上来——老头心想,横竖是逃不掉了,于是看向武士,乍一下像换了个人似的,面露凶色,龇牙咧嘴,迅速就着长矛摆出架势,盛气凌人地叫骂道:

"撒谎又怎样,你们这帮蠢货,邪魔外道,畜生,来啊。"

话说出口的同时,矛尖火花迸现。一个年轻力壮,长着颗红痣的武士一马当先,从旁大力砍杀过来。老头年事已高,本就不是武士的对手,还没过上十招,矛尖就眼看着失去章法,逐渐往后退却,不多时已快被逼退到小巷正中央。就在这时,武士大喝一声,干净利落地将老头手握的矛杆拦腰砍断,旋即又是一刀,从老头右肩头一直斜砍到胸口。老头后仰倒地,目眦欲裂,然而突然间,大概是忍受不了恐惧和痛苦,他慌忙弓起身子往后爬,边爬边声音哆嗦地叫嚷。

"暗算我,你暗算我。救命啊,有人暗算我。"

红痣武士又自老头身后踮起脚,抡起血淋淋的大刀。此时,若非一个形似猿猴的家伙不知从何处赶来,直跑得单衣下摆在月光下猎猎翻飞,闯入了两人之间,猪熊老头想必早已惨死。这个形似猿猴的家伙插进两人之间后,猛地亮出匕首,刺入武士胸部下方,与此同时,也受了武士横扫过来的一刀。这人发出凄厉的号叫,像是踩到烧热的火钳一样,嗖地跳起,紧紧抓住对面武士的脸,两人齐齐轰然倒地。

接着,两人激烈地互抓互挠,简直看不出人样。他们扭打、啃咬、揪头发,有那么一阵子,根本就分不清谁是谁,不过没多久,猿猴似的家伙翻身而上,再次亮出匕首,被按倒的武士脸上的痣红得一如从前,脸色却眼见着变了。猿猴一样的人似乎也失去了力气,仰面倒在武士身上,筋疲力尽——直至此时,方才看出这人在月光映照下气喘吁吁,皱纹密布、癞蛤蟆似的脸,是猪熊老太婆。

老太婆抽着肩膀大力呼吸,横在武士尸体上的左手依然紧抓着武士发髻,痛苦地呻吟了一会儿。不多时,她转动浑浊的眼睛,干枯的嘴唇竭力翕张了两三次。

"老头子,老头子。"她用微弱又眷恋的声音呼唤着自己的丈夫,然而无人应答。在她赶来救人的时候,老头已经丢下武器和其他所有能丢的东西,脚下打着滑,屁滚尿流地不知逃往何处去了。虽然小巷各处还有好几个盗贼正挥着拿手武器以命相搏,然而对垂死的老太婆来说,他们大概就和红痣武士一样,不过都是路人而已——老太婆逐渐衰微的声音一次次呼唤着丈夫的名字,次次都得不到回应的冷寂比身上的伤痛更让她心如刀绞。不断衰退的视线里,周围的光景逐渐模糊,除了面前的巨大夜空与亮在空中又小又白的月亮,再也看不清其他任何东西了。

"老头子。"

老太婆口中积起血沫,絮语般念叨道,昏昏沉沉地坠入恍惚失神的深渊——或许是永不再清醒的长眠……

就在此时,太郎骑着没有配备任何马具的栗色马,嘴里衔着染血的刀,双手握着缰绳,急风暴雨般飞驰而过。自不必言,那马应该就是沙金属意的陆奥产三岁马。盗贼们丢下死了的同伙,早已四散而去的小巷,在月光下微微泛白,好像覆上了一层白霜。太郎任微风吹拂一头乱发,骑在马上扭过头,得意地眺望身后骚乱动荡的人群。

太郎此举本也有理可循。他见同伴溃败,下定决心就算得不到任何好处,至少也得把马抢走。在这股决心的驱使下,他一次次挥舞葛藤缠缚的大刀,斩退挡路的武士,独自闯入门内,不费吹灰之力地踢开马厩门,早在切断马笼头之前,人已经急不可待地跃上马背,催马踩踏一切障碍,一溜烟地狂奔而去。为此,他根本无暇顾及身上的伤。太郎的水干衣袖碎成一条条,乌帽子徒然拽着帽绳,寸寸开裂的裙裤也染上大团血腥。尽管如此，他还是从刀山剑雨里闯了出来，神挡杀神，佛挡杀佛。回想杀出重围的事，他心里无比快意，根本不觉得惋惜——他频频回望身后，嘴角浮现愉快的微笑，意气风发地策马狂奔。

太郎心里想着沙金，同时还有次郎。他一边唾弃自己的自欺欺人，一边却还幻想着沙金会再次倾心于自己。除了自己，还有谁能在这种形势下抢走这匹马呢？对方占了人和甚至地利之便。若换成次郎——太郎脑海里瞬间浮现出次郎被武士斩杀于刀下的画面。这幅想象中的画面自然没有给他带来任何不快，确切地说，他内心深处的某种东西甚至祈祷着自己的想象成为事实。如果杀死次郎无须亲自动手，非但他的良心可以就此解脱，从结果来看，沙金对自己的憎恶也可能因此不再。尽管心里这么想，太郎还是不可避免地对自己的卑鄙心生羞愧。他用右手拿过衔在嘴里的刀，缓缓拭去血迹。

擦好的刀收进刀鞘时，太郎恰好拐过十字路口，月光照耀的前路上传来狗群的吼叫，二三十只都不止。狗群中独独一人，挥舞着大刀，背抵在将塌未塌的土墙上，看着是朦胧的一团黑。就在这个时候，马高声嘶鸣，骤然抖动鬃毛，马蹄卷起烟尘，瞬间如同一阵疾风，把太郎带到那人身边。

"次郎？"

太郎失态地大叫一声，紧皱眉峰，看着弟弟。次郎也一边单手挥刀，一边仰起脖子看向哥哥。刹那间，两人都看到了潜藏在彼此瞳孔深处的某种恐怖意味。然而，这是真正如字面所说的刹那。马大概从吠叫的狗群身上感受到了威胁，仰起脖子，前蹄划出大圈，比先前更为迅速地一跃而起，唯余茫茫尘埃在夜空中卷起白柱，升腾而上。次郎依旧负伤伫立在野狗群中……

太郎一时面无血色，脸上已没了先前的笑意，内心有一个声音窃窃私语道："快跑，快跑。"只要跑上一时半刻，一切就会尘埃落定。他总归要做的事将由野狗代劳。"跑啊，怎么不跑？"低语声始终在他耳边萦绕。是啊，这件事总归是要做的，早做晚做又有什么区别？假使弟弟和自己境况对调，他肯定也会做自己要做的事。"跑起来，快到罗生门了。"太郎仅剩一只的眼里迸发病态的狂热，有意无意地踢了一下马腹。马匹拔腿狂奔，尾巴和鬃毛迎风舞动，蹄上火花四溅。一町、两町，月光下的小巷有如激流，自太郎脚下向后流去。

突然间，一个温情脉脉的词破口而出。"弟弟"，血脉相连，无法忘怀的"弟弟"。太郎紧握缰绳，脸色大变，紧咬牙关。在这个词面前，一切算计都从太郎眼底一扫而空。他不该逼着自己从沙金和弟弟中二选其一。"弟弟"一词有如电光,即刻击中了太郎的心。他不看天,也不看路,月亮更没入他的眼。眼前唯一可见的,是无边无际的夜,是如同夜一般的深刻爱憎。太郎发疯一般唤出弟弟的名字,掉转身体,一只手拉了一下缰绳。马头眼看着换了方向,栗色马旋即嘴里溢出雪似的泡沫,马蹄踏在地上,像要把地踩裂似的——下一瞬间,脸色惨淡晦暗的太郎眼里闪耀着火光,再次策马奔向来时的方向。

"次郎!"

他奔向弟弟近前,如此喊道,声音里带着淬打烧白的铁块的回响,尖锐地贯穿次郎的耳朵,内心呼啸的情感风暴大概也借由此句一时奔涌而出了吧。

次郎必定看到了马背上的哥哥。那不是平日里哥哥的样子,甚至同先前策马飞奔,一溜烟跑走的哥哥也判若两人。次郎在他冷冽皱起的眉头,紧咬下唇的牙齿,还有蕴藏着奇异火热的独眼里,看到几近憎恶的爱——一种此前未曾看到的,不可思议的爱正在熊熊燃烧。

"次郎,快上马。"

太郎以陨石坠空之势驱马闯入狗群,在小巷里斜着跑圈,斥责般说道。眼下没有时间犹疑,次郎猛地把刀抛到尽可能远的地方,趁追在身后的野狗扭开头去的间隙,轻巧地跃到马脖子边。太郎也在那一瞬间伸长猿臂，揪着弟弟的衣领奋力往上拽——鬃毛荡开月光，待马头第三次转向后，次郎已在马背上，紧抱着哥哥的胸膛。

这时，一条满嘴是血的黑狗发出骇人的低吼，后腿扬沙，一跃而起，跳到马镫平齐处，尖利的牙齿就要咬上次郎膝头。就在此时，太郎抬腿，猛地踢了一下马腹。栗色马嘶鸣一声，马尾已然迎风舞动——黑狗被尾尖扫过，利齿在次郎的绑腿布上徒然咬空，倒栽葱似的落入沸腾的狗群中。

次郎如坠美梦，眼神迷蒙地看着这一幕。他看不到天，也看不到地，唯有怀抱着自己的哥哥——半张脸沐浴在月光下，紧盯着前路的哥哥的面容，柔和又庄重地映在次郎眼中。无边无际的安宁缓缓溢满次郎内心。自脱离母亲膝下以来，他许多年都没感受过这样平静却又强大的安宁了。

"哥哥。"

这时，次郎似乎忘了还在马上，一下紧抱住哥哥，脸上泛起喜悦的微笑，脸颊抵在太郎藏蓝色的水干服胸口，眼泪扑簌落下。

半个时辰后，两人静静驾马走在冷清无人的朱雀大道。太郎一言不发，次郎也缄口不语。静谧的夜晚只传来马蹄回响，两人头顶的夜空上悬挂着沁凉的天河。

八

　　罗生门的夜色还未褪去。从城楼下看去，攒着冰冷露珠的瓦顶和红漆斑驳的栏杆上还残留着倾斜挥洒的月光。然而城门下，在高处斜飞而出的房檐上，月色与风全被挡得严严实实，闷热的黑暗不断被花腿蚊子戳刺，凝滞不动，好似酸腐了一般。自先前起，从藤原氏检非违使的官邸中逃出的一群盗贼围着黑暗中微亮的火把，三五成群，或坐或卧，还有的蹲在柱子底下，各自忙着料理身上的伤。

　　当中伤势最重的当属猪熊老头。老头横躺在沙金的旧褂衣上，半闭着眼，嘶哑的嗓子不时呻吟几声，仿佛被什么东西吓住了似的。他疲惫的内心甚至偶尔分不清眼下的处境究竟是只持续了一阵子，还是早在一年前已是如此。眼前纷繁幻象往来不绝，像在嘲笑濒死的自己。不知何时，幻象与现实中城门下正在发生的一切合为了一体。在时空模糊的深度昏迷中，他丑陋不堪的一生，循着准确且非理性的某种顺序，清晰地再次上演了一遍。

　　"哎呀，老婆子，老婆子怎么样了？"

　　老头被生于暗处、消于暗处的恐怖幻象吓住，扭着身子呻吟道。这时，一旁探出关山的平六那张脸，额头上的伤口拿汗衫衣袖包着。

"你说老婆子啊，她已经去了极乐净土，估计正在莲池上等你等得心焦呢。"

平六丢出这句话后，自顾自地哈哈大笑，边笑边回头看向对面角落里正给真木岛的十郎包扎伤腿的沙金，扬声道：

"老大，老爷子看着有点难熬，任他受苦也挺残忍，我还是给他个痛快吧。"

沙金娇声笑道：

"别开玩笑了。反正是个死，就让他自生自灭吧。"

"是啊，有道理。"

猪熊老头听得两人的你来我往，心头袭上不祥的预感和恐惧，一时间全身僵硬，又开始大声呻吟起来。迄今为止，在敌人面前胆小如鼠的他也曾不知多少次借着与平六同样的理由，用矛尖给予垂死的同伴最后一击。并且，很多时候他都是出于个人趣味，或是仅仅为了向众人，也向自己标榜勇气，进而故意做下此等残忍之举的。哪料到如今——

这时，灯影下不知何人哼起了歌，似乎全然不顾他的痛苦。

黄鼠狼吹笛

猿猴奏曲

蝗虫打拍子

蟋蟀……

啪的一声，拍打蚊子的声音紧接着响起，当中还有人吆喝着打拍子。两三个人抖着肩，笑得上气不接下气——猪熊老头全身抖如筛糠，为了确认自己还没死，他睁开沉重的眼皮，死死盯住火光。火焰在四周画出无数光圈，都被顽固的夜色逼回，发出明暗不定的光亮。这时，一只小小的金龟子嗡嗡飞来，刚飞入光圈，一下就烧没了翅膀，掉落下去，带着青草气的味道在老头鼻头萦绕了一阵。

过不了多久，自己也会像那金龟子一样一命呜呼。人一死，血和肉终究要被蛆蝇啃食殆尽。啊，我就要死了。面对我的死，同伴们还在若无其事地嬉闹，或歌或笑。想到这里，猪熊老头感觉一股难以名状的愤怒与痛苦咬啮着自己的骨髓。与此同时，他总觉得仿佛有个轱辘一样没完没了地转动的东西，飞溅着火花朝自己眼前降下来。

"畜生，人面兽心。喂，太郎，你这恶徒。"

这些词自动从他僵硬的舌尖上断断续续地蹦了出来——

真木岛的十郎似乎根本察觉不到腿上的伤口疼似的，悄悄翻了个身，用暗哑的嗓音对沙金低语道：

"老头很讨厌太郎哪。"

沙金皱起眉，微微瞥向猪熊老头所在的方向，点了点头。接着，先前哼歌的那个声音问：

"太郎怎么样了？"

"估计没救了吧。"

"先前谁说看见他死了的？"

"我看到他和五六个人厮杀在一起。"

"哎呀呀，懂了，懂了。"

"也没见次郎。"

"可能和太郎一样吧。"

太郎死了，老太婆已不在人世，自己应该很快也要死了吧。死，什么是死？我不想死，却还是要死。我会像虫子一样死得轻而易举——种种杂乱无章的思绪就像黑暗里嗡嗡作响的花腿蚊子一样，从四面八方恶意地戳刺老头的心。猪熊老头觉得无形无迹的"死"正耐心等在朱红柱子的另一头，聚精会神地窥探着自己的呼吸，残酷又镇定地目睹自己的痛苦。然后，它一点点蹭过来，像消逝而去的月光，逐渐贴近枕下。他无论如何都不想死——

深夜与谁共眠

可与常陆介共眠

我与他性情相合

男山山顶的红叶

想必声名远扬吧

哼歌声再次响起,与像木榨机一样嘎吱嘎吱的呻吟合二为一。不知是谁在老头枕边吐了口唾沫,开口道:

"没见阿浓那傻子。"

"是啊,是没看到。"

"应该在上头睡觉吧。"

"听,上面有猫叫。"

所有人一时间静默下来。寂静中,只听得似有若无的猫叫夹在猪熊老头断断续续的呻吟声里,传入众人耳中。流动的风这才带着热气在柱子间穿行,不知何处传来微甜的凌霄花香,悄悄袭上众人鼻尖。

"听说猫也懂得幻化之术。"

"猫幻化的老家伙,和阿浓倒还挺配。"

闻言,沙金扬起衣袂,训诫似的说:

"不是猫。谁上去看一下。"

话音落毕，关山的平六拿刀鞘抵着柱子，站起身来。通往城楼上的梯子有二十几级，就架在柱子对面——众人心头袭来莫名的不安，一时间无人开口。其间，唯有带着凌霄花香的风又一次轻拂而过，楼上随即突然传来平六的号啕。没多久，匆忙爬下梯子的足音杂乱地搅散沉郁的暗色——看来此事非同小可。

"怎么回事，阿浓那娘们生了个孩子。"

平六爬下梯子，迅速把包在旧被衣里一个圆滚滚的东西放到火光下给众人看。只见带着女人体味、略显脏污的布料里，一个刚出生的婴儿吃力地摆动大大的脑袋，难看的脸皱成一团，号啕大哭，样子看着与其说是人，反倒更像剥了皮的青蛙。那浅淡的胎毛、细小的手指，无一不令众人心生嫌恶，同时又感到好奇——平六环顾左右，晃晃怀里的婴儿，得意扬扬地放言道：

"我爬到上面一看，阿浓那娘们趴在窗下一动不动，好像死了一样，就在那儿呻吟。她虽说人傻，到底也是女人。我走到她身边，看她是不是犯了痉挛。哎呀，结果可不得了。一片昏暗里，我就看到有个东西在哭，长得好像撒了满地的鱼肠子。我用手去碰，那东西一个哆嗦，身上没长毛，应该也不是猫。我就抓着它，放到月光下仔细瞧，原来是刚落地的婴儿。看，他胸口肚子上红了一大片，想必是被蚊子咬的。阿浓竟也当上娘了。"

火把后头，十五六个贼人围在平六身边，有的站有的躺，每个人都伸长脖子，像换了个人似的，全都笑意绵绵地看着这个刚刚得到生命的、红色的丑陋肉团。婴儿一刻也不消停，动动手，动动脚，最后仰起头，又气势汹汹地大哭了一阵，没有牙齿的嘴巴于是显露在众人眼前。

"呀，还有舌头。"

先前哼歌的男人突然大惊小怪地说了这么一句。话音落下后，一行人齐声大笑，好似遗忘了身上的伤痛——这时，猪熊老头不知从哪里聚集起一股力气，支撑着他突然紧跟在笑声后厉声对众人说：

"让我看看那孩子。喂，那孩子，给我看看吧。喂，浑蛋。"

平六伸出脚，戳戳老头的脑袋，语带威胁地说：

"想看就看。浑蛋说你还差不多。"

猪熊老头极力睁大浑浊的眼睛，一眨不眨地盯着平六弯下腰，漫不经心送到自己面前的婴儿，一副好像要把婴儿吃个丁点不剩的样子。看着看着，他的脸色逐渐惨白如蜡，皱纹密布的眼角积起泪珠。紧接着，他颤抖的唇角漾起奇异的微笑，一种从未有过的纯真表情不知何时舒缓了脸上的肌肉。老头保持着这副模样，一向利索的嘴巴再没张开。众人知道，死亡最终俘获了他，然而无人知晓他微笑背后的含义。

　　猪熊老头躺在地上，手徐徐展开，轻轻碰到了婴儿的手指。婴儿像被针戳中了似的，猛然爆发出令人心悸的哭声。平六原准备呵斥，却又住了口。老头的脸——血色尽失。平六觉得这个脑满肠肥的老头脸上，此时似乎竟泛着一种生平未见的、不容侵犯的威严之色。在这张脸面前，连沙金都像在等待着什么似的屏住呼吸，深深凝视着养父——同时亦是情人的脸。然而，老头依然缄口不语，唯有脸上隐秘的喜悦，宛如恰巧于接近黎明时分的此刻吹起的轻风，平静而惬意地漫溢出来。此时，他看到了暗夜另一端——人眼所不能及的远空中，天光逐渐冷峻泛白，永恒不灭的黎明。

　　"这孩子——这孩子是我的。"

　　老头清晰地说出这么一句，随后再次碰碰婴儿手指，那只手眼看着就要无力地垂下——沙金在一旁悄悄撑住了。十几个贼人像是没听到这句话似的，咽回口水，身子一动不动。沙金抬起头，怀抱婴儿，看着站立的平六，点了点头。

　　"都被口水哽住了。"

平六低语道,没有说给任何人听——在孩子因害怕黑暗发出的啼哭声中,猪熊老头延续着隐约的痛苦,如同已然暗下去的火把,悄悄停止了呼吸……

"老爷子到底也死了。"

"强暴阿浓的家伙如此也已水落石出。"

"尸身只能埋到那片竹林里了。"

"喂了乌鸦,实在可怜。"

贼人们你一言我一语,用微微寒凉的语气讨论着老头的归宿。远处隐约传来乌鸦的啼叫。不知不觉间,天就快亮了。

"阿浓呢?"沙金问。

"我顺手拿了件衣服给她盖上,让她躺着了。人应该没什么大事。"

平六的回答也异于往日,显得温情脉脉。

两人说着话的时候,两三个贼人已经把猪熊老头的尸身运到了门外。城门外的天色依然昏暗,拂晓时分的浅淡月光下,萧瑟的竹子枝梢沙沙作响,飘浮在空中的凌霄花香越发浓郁甜美。偶尔传来轻微声响,约莫是露珠滑过了竹叶。

"生死事大。"

"无常迅速。"

"老头死了的样子倒比活着的时候更顺眼。"

"这张脸相比以前,看着好像更像个人了。"

猪熊老头的尸身染着斑斑血迹,随同贼人的话语,渐渐被送入竹林与凌霄花丛深处。

九

翌日,位于猪熊的一座宅子里出现了一具惨遭杀害的女尸。死者是个年轻丰腴的美丽女人,从伤口上看,女人生前应该有过激烈的反抗。能为此提供佐证的,唯有尸身嘴里衔着的枯叶色水干衣袖。

另有件奇事是,那户人间的婢女,一个名叫阿浓的女人,虽然也在家中,浑身上下却毫发无伤。检非违使厅审讯完这个女人,大抵明白了事发经过。之所以说大抵,是因为阿浓生来近乎痴呆,很难从她嘴里问出更多东西——

事发当晚,阿浓深夜突然醒转,听到太郎、次郎两兄弟正和沙金高声争吵着什么。还没想明白怎么回事,就见次郎忽地抽出大刀,砍在沙金身上。沙金一边呼救,一边试图逃跑,紧接着又是太郎给她补了一刀。之后,两兄弟的骂声与沙金的痛吟持续了一阵,没多久,沙金没了呼吸,兄弟二人突然间抱在一起，久久无言哭泣。阿浓透过拉门缝隙瞧见了这一切，却没救下主人，完全是因为担心伤到怀里熟睡的孩子——

"那个名叫次郎的，是这孩子的父亲。"

阿浓一下涨红了脸，开口说道：

"然后，太郎和次郎来到我房间，对我说了句多多保重。我把孩子抱给次郎看，次郎就笑着摸摸孩子的头，眼睛里好像还溢满了泪水来着。我希望这样的时刻再长一些，可他们两个很快就急匆匆地走出屋子，先前大概是把马拴在枇杷树上吧，他们跃上马背，不知去了何处。马不是两匹。我抱着孩子，从窗户往外看，因为有月亮照着，清清楚楚地看到两人同乘一匹马走了。之后，我没管主人的尸首，又悄悄上床睡觉去了。我看惯了主人杀人，她的尸首对我来说也没什么可怕的。"

检非违使终于弄清了原委。阿浓于是洗清嫌疑，很快恢复了自由身。

此事过后十多年，出家为尼，将孩子抚养长大的阿浓，在不知姓甚名谁的丹后国国守的侍从队伍里，看到一个骁勇闻名的男人经过。她曾对人说，那便是太郎。而那男人确实也有浅淡的痘印，还瞎了一只眼。

"要是次郎,我立马跑上前相认,可太郎那人太可怕了……"

阿浓露出小女儿情态,如此说道。然而那人究竟是不是太郎,谁都不清楚。只在其后隐有风传,说那人也有个弟弟,兄弟俩在同一个主人门下当差。

龙一

一

宇治大纳言源隆国大人："哎呀，哎呀，午睡梦中醒来，今日暑热更甚。一丝风也不见，连松枝上的藤花都一动不动。向来听着沁凉的泉水之声也被蝉鸣打扰，反倒觉得闷热。啊，还是让童子们给我扇扇风吧。

"嗯？来来往往的人都聚集了？那我也过去吧。你们跟在后面，别忘了带上大团扇。

"喂，诸位，吾乃源隆国。我光着膀子，礼数不周，多担待则个。

"哦，今天是我有事相求，所以特意请各位聚在宇治这座凉亭里。偶然来到此处，我也有意和其他人一样编撰书册，可独自细想，偏不凑巧，竟没什么值得一写的故事。然而若要费那绞尽脑汁的工夫，对我这种懒人来说，实在再麻烦不过了。因此我想自今日起，向每个来往此处的人求取一个过去的故事，再将故事编撰成册。如此，想必会有意想不到的奇闻逸事乘舟坐车，从四面八方聚到只在皇居内外闲荡的我这里来。虽则叨扰，万望各位允我所愿。

"嗯？你们愿意？那可真是再好不过，接下来就逐一听各位的故事吧。

"童子们，扇起大团扇来，让在座各位都吹吹风，这样多少也能凉快些吧。铸造工，陶器工匠，你二人也别客气，到我桌边来。卖腌鱼的女人，快到时间了，桶放在廊下的角落里就好。这位法师，取下胸前的金鼓可好。那边的武士、苦行僧，铺下竹席了吧。

"怎么样，一切就绪的话，先请这位上年纪的陶器工老翁讲个故事吧。"

老翁："不敢当，不敢当，您彬彬有礼地问候我们，还要把我们这些贱民讲的故事一个个写到书里——单这一点，已不知让我何等惶恐。可若推辞，反倒有违您的美意，因此蒙您特许，姑且讲个不足道的故事吧。倘若无聊，还望您暂且忍耐。

"我还年轻的时候，奈良有个名叫惠印的藏人得业[①]，是

[①]藏人得业："藏人"为官位，专司官中杂事的天皇近侍；"得业"是授予出家僧人的称号，在奈良三法会上能够有理有据地回答论题的僧人可以得此称号。

个鼻子大得出奇的法师,并且鼻尖还像被蜜蜂蜇了一样,一年到头都红得可怕。奈良上上下下的人给他起了个外号叫鼻藏——本来叫大鼻藏人得业,但这个外号太长了,后来也没谁说,反正鼻藏人的叫法就那么传开了。然而过了段时间,还是嫌长,就鼻藏、鼻藏地传唱下去。说起来,我那时也在奈良的兴福寺里见过他一两次,真长了个世上罕见的红彤彤的天狗鼻子,对得起鼻藏这个称号。这个鼻藏、鼻藏人、大鼻子藏人得业,也就是惠印法师,某天夜里一个弟子也不带,独自一人悄悄来到猿泽池边,在采女柳①前的河堤上高高竖起一块木牌,木牌上写着'三月三日池中将有神龙飞升'几个粗笔字。然而实际上,惠印根本不知道池子里是不是真的有龙,三月三日飞升这种事,更是信口胡说。真要论起来,没有龙飞升才是确定无疑的吧。那他为什么要做这种没有意义的举动呢?原来,惠印平日里就对奈良的僧俗众人动辄取笑自己的鼻子一事感到愤愤不平,这回就想好好摆所有人一道,狠狠笑回去,于是就弄出了这么个恶作剧。大人您听到这里,想必觉得可笑至极吧。毕竟是过去的事,那个时候,耍这种把戏的人常见得很。

---

①采女柳:据传天平时代,一名后宫下级女官(采女)因帝王的宠爱不再,悲伤之下从柳树所在的方位投河自尽。这株柳树于是得名"采女柳"。

"这么着,到第二天,打先看到木牌的是每天早晨来兴福寺拜如来佛的老婆婆,婆婆挂着念珠的手用力撑着竹杖,走到雾霭还没散尽的池边一看,只见昨天还什么都没有的采女柳下立起了一块木牌。哎呀,法会用的木牌怎么会插在这种地方呢,婆婆觉得奇怪,不过她不识字,于是就要径自走过去。这时,对面恰巧来了个穿着袈裟的法师。婆婆请法师帮忙读牌子上的字,听到'三月三日池中将有神龙飞升'——任何人都要吓一跳的吧。婆婆也目瞪口呆,探着佝偻的腰,直愣愣地仰视法师的脸说:'这个池子里有龙吗?'法师反倒十分镇定,给婆婆说法:'有这么个故事,说过去唐土的某位学者眉毛上长了个瘤子,时常痒得受不了。有一天,天空突然阴云密布,雷电交加,下起了瓢泼大雨,那个瘤子忽然一下裂开,一条黑龙腾云驾雾地从瘤子里径直飞上了天。如果瘤子里都能住龙,更别说这么大的池子了,底下说不定盘踞着好几十条蛟龙毒蛇什么的呢。'一向深信出家人不打诳语的婆婆听完这番话,估计是吓坏了吧,说听法师这么一讲,确实觉得池水的颜色看起来怪怪的。明明还没到三月三日呢,就把法师丢在身后,一边上气不接下气地念着阿弥陀佛,一边像连竹杖都来不及挂似的,着急忙慌地逃跑了。要不是顾忌着身后有人,法师早想捧腹大笑了——应该是这样吧。其实这就是始作俑者得业惠印,外号叫鼻藏的那个法师，法师甚是荒谬地担心有鸟站到昨夜立起的木牌上，于是一边沿着池畔走，一边查看木牌是什么样子。婆婆走后，一个像是晨起行旅的女人蒙着苎麻头纱，带一名挑行李的下人，从斗笠下看木牌上的字。惠印当即打起精神，拼命憋着笑，自己也站到木牌前，装出一副姑且一看的模样。他的大红鼻子不可思议地发出鸣响，然后慢吞吞地往兴福寺的方向走回去了。

"惠印法师走到兴福寺南大门前，意外碰到了住在同一间僧房的惠门法师。惠门法师一见到他，微微皱起顽固的粗眉，说'难得见您早起，看来可能是要变天了啊'。这番话正中惠印法师下怀，他从鼻子里重重冷笑一声，得意扬扬地说：'再怎么变天，也不会说三月三日猿泽池里有神龙飞升这种事。'惠门听了，怀疑地紧盯惠印的脸，不过很快就从喉咙里溢出嘲笑：'您真能做梦啊。哎哟，听说梦见神龙飞天还是个吉兆呢。'说完依旧昂着圆溜溜的脑袋，就要从惠印身边走过去。惠印像是自言自语一般嘟嚷说：'唉，无缘众生难渡。'大概是听到了他的嘟嚷吧，惠门扭转脚步，恨恨地折回身，用与人争法论道一般的气势诘问道：'你说什么神龙飞天，有确凿的证据吗？'惠印故意悠然指向晨光初现的水池，轻蔑地说：'要是怀疑愚僧所言，不妨去看那株采女柳前的牌子。'

至此，顽固的惠门也像被稍稍挫了锐气，目眩似的眨了下眼，无力地丢下一句'哈，有这样的牌子吗？'说着又迈开步子。只是这一回，圆溜溜的脑袋歪到一旁，好像在思考着什么。目送他离去的鼻藏人有多得意，您大概也心里有数吧。惠印觉得红鼻子深处好像发痒一样，一本正经地走在南大门石阶上的时候，还忍不住喷笑出声。

"单那天早上，'三月三日池中将有神龙飞升'的木牌已经造成了这样的轰动，更别说一两日过后，不管去奈良城的任何地方，都能听到猿泽池里有龙的传闻。原本也有人说，那块牌子不会是谁的恶作剧吧，但当时恰好风传京都的神泉苑有龙飞升，因此就连说这话的人，心里也是半信半疑，想着说不定就会发生异变。接着又出现了一桩不可思议的事，在那之后不到十天，春日大社某个巫女的独生女儿，当时是九岁，一天夜里枕在母亲膝头，正犯着迷糊呢，忽见一条黑龙像云一样降落而来，口吐人言道：'吾将于三月三日飞升上天，绝无意惊扰尔等城民，尽可放心。'小姑娘睁眼醒来后，立刻把一切说给母亲听。于是，猿泽池里的龙入梦又忽地成为街谈巷议的大传闻。至此，事情越传越神，一会儿说龙上了哪个小孩的身唱歌，一会儿说龙借着哪个巫女显灵传话，热闹非凡，仿佛猿泽池里的龙马上就要在水面上露出头来一样。这还不够，甚至有个男人站出来说，龙虽然没露头，但他已清清楚楚地看到了龙的真身，说这话的是每天早上去市场上卖河鱼的老爷子。那天，老爷子照旧同往常一样，天还没亮就经过猿泽池边，只见黎明前漫盈的池水，唯有那株采女柳垂下的枝条附近，木牌所在的堤岸下的看起来微微发亮。当时池里有龙的事正传得沸沸扬扬，'是神龙出来了吗？'老爷子这么想着，分不清高兴还是害怕，只哆哆嗦嗦地抖着身体，放下装着河鱼的担子，蹑手蹑脚地摸到近旁，抓着采女柳努力窥看猿泽池的样子。这时，只见微微发亮的池水下，一个形状像盘起的黑金锁链，不知究竟是什么东西的怪物一动不动地沉在池底，不知是不是受到了人声的惊扰，忽一下展开滑溜溜的身体，池面上顿时闪现水痕，怪物的身影消失得无影无踪，不知去了哪里。看到这一幕的老爷子全身冒汗，回到卸下担子的地方一看，二十多条准备拿去卖的河鱼不知何时全不见了。也有人嘲笑老爷子，说莫不是被历劫的水獭给骗了吧。然而认为龙王镇守的池内不可能有水獭，肯定是龙王怜惜鱼儿性命，于是把它们都召进自己池中的人也多得出乎意料。

"这边厢，鼻藏惠印法师见'三月三日池中将有神龙飞升'的木牌引起了轰动，私下每抽动那个大鼻子，都要默默冷笑一声。不久后，就在离三月三日还剩四五天的时候，没料到住在摄津国樱井的尼姑舅母也特意远道而来,说是一定要见识神龙飞升的场面。这下惠印也犯了难,连哄带吓,用尽种种手段想让舅母回樱井,舅母却完全不听外甥的,固执地说:'我都已经这个年纪了,只要能看一眼龙王的神姿,就是死了也了无遗憾。'即便如此,事到如今也不能坦白告知那块牌子是自己为恶作剧插上去的。惠印终于败下阵来,不只要照顾舅母到三月三日,更是无奈答应舅母当天陪她一起去看神龙飞升。连当尼姑的舅母都听说了神龙的事,这么看来,大和就不说了,摄津、和泉、河内,可能连播磨、山城、近江、丹波一带都已经传了个遍。也就是说,这出原本只为戏耍奈良男女老少的恶作剧,出乎意料地骗过了全国各地不知好几万人。惠印想到这里,最先感到的不是好笑,而是一股莫名的恐惧。连一天到晚带着舅母,顺道陪舅母走去奈良各座寺庙参拜的时候,他都觉得自己完全像个躲着检非违使的目光,隐匿身形的罪犯,心中悔恨不已。然而,他时常也从来来往往的行人口中得知,近来那块木牌前有人敬献香花,每当此时,惠印虽然惊惧,同时内心的某个角落却也感到兴奋,仿佛立了什么大功一样。

"日子就这么逐渐过去,终于到了神龙飞升的三月三日。已经答应了舅母,事到如今也没法反悔。惠印不情不愿地陪着舅母走到兴福寺南大门的石阶上,从这里一眼就能瞧见猿泽池。当天恰好晴空万里,一丝风也没有,门上的风铎悄无声息。大家早等着这天来看热闹,奈良城就不说了,河内、和泉、摄津、播磨、山城、近江、丹波各地估计也涌来了一大帮人,站在石阶上看过去,视线所及之处,东西两个方向全是人山人海,一直到雾气朦胧的二条大道尽头,都是人头攒动。到处可见青叶的、红叶的,又或是苦楝木车厢的,种种装饰风雅的牛车稳当当地抵着附近的人流,钉在车篷上的金银器件迎着凑巧的明媚阳光,射出炫目的光彩。还有撑着伞的,扯着顶棚的,又或是夸张地把看台搭到路边来的——好像不合时宜的加茂祭①就要在眼下这个池子边上演一样。看到这种场面,惠印法师真是做梦都没想到自己不过是立了块牌子而已,竟然就能引起这么大的轰动。他于是呆愣愣地回头看当尼姑的舅母,木然说了句'哎呀,人多得出奇',随后便一言不发了,好像连从那个大鼻子里发出哼笑的劲都没有,蔫蔫地蹲到南大门的柱子脚下。

"尼姑舅母当然不可能知道惠印的心思,她拼命伸长脖子,头巾都快因此滑落下去,左顾右盼的,揪着惠印说个不

---

①加茂祭:京都上贺茂、下贺茂神社举行的庆典,庆典举行时人山人海,热闹非凡。

停，一会儿说神龙居住的池塘风景确实非同寻常，一会儿说来了这么多人，神龙肯定会现身吧云云。这样一来，惠印也没法安然坐在柱子脚下，他不情不愿地站起身一看，只见石阶上也是挤挤挨挨的人头，惠门法师也在其中，照旧昂着圆溜溜的脑袋，聚精会神地盯着池子。惠印立刻忘了此前的难为情，看到这个男人也被自己戏耍了，心里暗自发笑，边觉好笑边喊了惠门一声，嘲讽道：'您也来看神龙飞升啊。'惠门高傲地转过头，神色出乎意料地认真，粗黑的眉毛动也不动，'正是如此。大家都期待许久了'。药效有点猛过头了——想到这里，惠印再也发不出快活的声音，又同原先一样露出惶恐不安的神色，茫然俯视人海对面的猿泽池。池子像是暖起来了，水面透着池底泛起的光，清晰照出堤边的樱树、柳树，然而等了又等，却始终不见神龙飞天的征兆。池子四面八方挤满了来看热闹的人，一丝缝隙都不留，不知是不是因为这个，今天的猿泽池看起来比平时更狭小了，让人不由得怀疑池中有龙会不会一开始就是毫无根据的谎言。

"然而，所有人都不顾时间一刻一刻过去，全都咽着唾沫，耐心等待神龙飞天。聚在南门下的人越来越多，过了一阵，牛车也多了起来，有些地方甚至车抵着车。惠印看到这等场面有多难为情，您从先前的讲述中也能察觉出来吧。然而到这一刻却出现了一桩奇事,那就是不知为何,竟然连惠印都莫名觉得可能真的有龙要飞升——要知道一开始,他可是不觉得会有这回事的。木牌本就是惠印自己插上去的,按理说,他根本不可能产生这种荒唐的想法,然而看到眼下推来搡去的人流,他无论如何都抑制不住异象将现的预感。不知是因为看热闹的人的心情不知不觉间感染了鼻藏呢,还是想起自己不过竖了个牌子,就引起如此轰动,心里总归过意不去,于是不知不觉间祈祷起真有神龙飞升就好了呢。总之,惠印非常清楚牌子上的字句是自己写的,即便如此,心里的难为情终究渐渐淡去,他也开始像尼姑舅母一样,不厌其烦地盯着池面看了起来。确实,要不是心里真这么想,他也不会空等不可能出现的神龙,再怎么勉强,也不会在南大门下站上几乎一天吧。

"然而猿泽池一如既往地不见一丝涟漪,只静静映照着春日的阳光。天空也晴朗透明,拳头大的云影都看不见。可看客们依然或团团挤在伞下、篷下,或拥在看台的栏杆后面,仿佛全然忘却了时间,眼巴巴地从早上等到中午,又从中午等到傍晚。

"惠印在南大门待了大半天后,一缕有如香火烟气的云影蜿蜒出现在空中,而后眼见着越来越大,先前晴空万里的天色一下子阴沉下来。这时,一阵风忽然吹过猿泽池,镜面似的水面荡起无数波纹，尽管心里有所准备，看热闹的人们依然骚乱起来，喊道：'来了！来了！'不大一会儿，天上下起了白蒙蒙的倾盆大雨，不只下雨，还骤然响起了轰隆隆的雷声，闪电像飞梭一样不停地交错。雷雨一下撕开聚作钩状的阴云，势如破竹，像在池面搅起了一道水柱。刹那间，这一幕看在惠印眼里，仿佛水雾与云之间朦胧映出一条十丈有余的黑龙，黑龙金色的龙爪若隐若现，径直飞上了天。然而这一切只发生在一瞬间，瞬间过后，风雨中唯有池畔的樱花在阴暗的空中飞舞——乱了阵脚的看客们四下逃窜，闪电下人流涌动，毫不逊于池面的水波，这就不必再多说了吧。

"等大雨下完，云间现出蓝天后，惠印好像忘了大鼻子这回事，东张西望地窥看四周。方才见到的龙影是错觉吗——这么一想，毕竟木牌就是自己立起来的，神龙飞升什么的，应该是莫须有的事。话虽如此，方才看到的确实也是亲眼所见，越想越觉得可疑。惠印于是扶起身旁僵坐在门柱下一动不动的舅母，难掩脸上难为情的神色，畏怯地问：'您看到龙了吧？'舅母深吸一口气，一时间像说不出话似的，恐惧地点了不知多少次头，过了一会儿，舅母抖着声音答道：'看到了，看到了，金色的爪子闪闪发光，是条通体乌黑的神龙。'如此看来，看到神龙并非鼻藏人得业惠印的错觉。哎呀，后来听说，当天在场的男女老少都看到了黑龙穿梭在云间，飞升上天的身姿。

"后来，惠印借着某个机会，坦白了木牌是自己的恶作剧这回事，可包括惠门在内，同门法师中没有一个人相信惠印说的话。那这出恶作剧究竟是成功了，还是落空了呢？就是鼻藏、鼻藏人、大鼻子的藏人得业惠印法师本人，想必也答不上来吧……"

二

宇治大纳言源隆国大人："真是个不可思议的故事啊。看来猿泽池从前也曾有龙栖息哪。什么，从前有没有龙无从知晓？哎呀，从前想必是有的吧。过去，天下人都深信水底有龙栖息。如此看来，龙会自然而然地翱翔于天地之间，如同神祇一般，偶然现出奇异的身姿。与其听我夸夸其谈，不若请您各位讲与我听。接下来该这位云游法师了。

"什么，您故事的主人公是池尾那位叫禅智内供的长鼻子法师？接在鼻藏的后面讲，想来更有趣了。那便请您速速讲来吧——"

往生绘卷

童子：呀，那边来了个怪法师，快看。

卖腌鱼的女人：真是个奇怪的法师。金鼓敲得砰砰响，还在大声叫唤着什么……

卖柴翁：我耳朵不中用了，完全听不到他在喊什么。喂，那法师在说什么呢？

打箔[①]工匠：他在说"阿弥陀佛，喂，喂"。

卖柴翁：啊——是个疯子啊。

打箔工匠：嗯，应该吧。

卖菜老妇：不不，可能是哪个尊贵的上人。我趁现在先拜上一拜。

卖腌鱼的女人：他的脸看着不让人讨厌吗？哪个地方的上人会长这样一张脸呢？

卖菜老妇：不要说这种逾矩的话，要是遭了天谴可怎么

---

①打箔：锤打金银，制成薄片的工艺。

办哟。

童子：疯子，疯子。

出家人五位：阿弥陀佛哟，喂，喂。

狗：汪汪，汪汪。

拜佛的侍女：快看，来了个奇怪的法师。

侍女同伴：那种笨人见到女人，指不定要戏耍一番。幸好离得还远，趁这会儿换这条道走吧。

铸工：哦哟，那不是多度的五位大人吗？

做水银买卖的旅人：不清楚什么五位不五位的，那人突然就丢下弓箭出家了，在多度可是引起了很大的轰动呢。

年轻武士：确实是五位大人。大人的夫人和孩子想必要为此悲叹吧。

做水银买卖的旅人：听说夫人和孩子们整日以泪洗面。

铸工：不过，抛妻弃子也要皈依佛门，近来可算志气可嘉了。

卖干鱼的女人：什么志气可嘉？想想被他抛弃的妻儿，弥陀佛也好女人也好，都会怨恨这种男人。

年轻武士：哎呀，你说得也很在理。哈哈哈。

狗：汪汪，汪汪。

出家人五位：阿弥陀佛哟，喂，喂。

- 160 -

骑马武者：咦，马受惊了。驾。

背箱子的随从：疯子没法对付。

老尼：众所周知，那个法师曾是个嗜杀的恶人，没想到竟皈依了佛门。

年轻尼姑：确实是个可怕的人。不只打猎、打鱼，还会从远处对着乞丐放冷箭来着。

木屐穿在手上的乞丐：幸亏是这时候遇见的，要是早个两三天，说不定身上就戳出个箭洞了。

卖栗子、核桃的店主：那么冷酷无情的人怎么会剃度出家呢？

老尼：这个嘛，虽然不可思议，但想来该是佛祖的思量吧。

卖油店主：我觉得肯定是被天狗什么的上身了。

卖栗子、核桃的店主：不不，我觉得是狐狸。

卖油店主：不是传说天狗可以怎么化为神佛吗？

卖栗子、核桃的店主：什么嘛，能化身为佛的又不是只有天狗，狐狸也可以。

木屐穿在手上的乞丐：嘿，干脆趁这个机会偷一满袋栗子装到我脖子上的袋子里。

年轻尼姑：哎呀呀，鸟是不是被金鼓声吓到了，怎么全飞到屋檐上去了？

出家人五位：阿弥陀佛哟，喂，喂。

钓鱼的平民：搅得人不安宁的法师来了。

平民同伴：那边怎么了？一个瘸腿乞丐跑过去了。

戴苎麻头纱的行旅女子：我的脚有点痛，就算能借那个乞丐的脚力也好啊。

背行囊的下人：只要过了这道桥，就到城里了。

钓鱼的平民：想看一眼头纱里是什么模样。

平民同伴：哦哟，从旁偷瞄，结果鱼饵不知什么时候已被偷吃了。

出家人五位：阿弥陀佛哟，喂，喂。

乌鸦：嘎，嘎。

种田女：布谷鸟呀，听到你叫，我就来种田咯。

种田女同伴：快看，那个法师是不是很奇怪？

乌鸦：嘎，嘎。

出家人五位：阿弥陀佛哟，喂，喂。

人声暂止，唯有松风之音。

出家人五位：阿弥陀佛哟，喂，喂。

松风之音再起。

出家人五位：阿弥陀佛哟，喂，喂。

老法师：这位法师，这位法师。

出家人五位：您可是在叫我？

老法师：正是。您要去何方？

出家人五位：我往西边去。

老法师：西边是海。

出家人五位：是海也全无所谓。我要一直西行，直到得见阿弥陀佛。

老法师：不可思议。您是觉得阿弥陀佛马上就要出现在眼前，让您得以参拜吗？

出家人五位：若不这么想，我又怎会大声呼唤佛祖尊名呢？我出家也是为此缘故。

老法师：您出家可有隐情？

出家人五位：哪里，无甚隐情。不过前日打猎归家途中，听得一位讲师说法。据讲师所言，无论犯下何等戒律的罪人，只要知遇阿弥陀佛，潜心侍奉，就能往生净土。那时，我忽然对阿弥陀佛生出敬慕之心，体内血液仿佛霎时燃烧起来……

老法师：那您后来做了什么呢？

出家人五位：我把那讲师按倒在地。

老法师：什么，按倒在地？

出家人五位：然后拔出长刀，抵在讲师胸前，盘问阿弥陀佛的所在之处。

老法师：如此问法真是荒唐。讲师想必大受惊吓吧。

出家人五位：讲师难受地抬起眼，说在西边，在西边——啊，就这么会儿，太阳已经落山了。若在途中如此耽搁，就是到了阿弥陀佛面前也有失礼数。就请阿弥陀佛原谅这一次吧——阿弥陀佛哟，喂，喂。

老法师：哎呀，碰到个不着边际的疯子。唉，我也回去吧。

松风之音三度响起，波涛声渐入。

出家人五位：阿弥陀佛哟，喂，喂。

波涛声，时有鸟鸣。

出家人五位：阿弥陀佛哟，喂，喂——海边一艘船也不见，入眼的唯有波涛。阿弥陀佛的居处或许就在那波涛对面。我若是鹈鹕，即刻便飞过去了……不过，讲师说了，阿弥陀佛慈悲无边。这么看来，若我一刻不停地大声呼唤其名，也不至于不来应我。那就拼命喊吧。幸好此处的枯松伸出两根枝丫，就爬到树梢上去吧——阿弥陀佛哟，喂，喂。

波涛声再起，时有鸟鸣。

老法师：自遇到那个疯子那日算起，今天已是第七天。

那疯子说要拜见阿弥陀佛真身，不知之后去了哪里——啊，有个人爬在这枯木枝梢上，正是那人。这位法师，这位法师……没有应声也没什么好奇怪的。他不知何时已气绝身亡。身上也没带个干粮袋，看来是活活饿死的，真是可怜。

波涛声三度响起，时有鸟鸣。

老法师：若是就这么丢在树上不管，或许就要成为乌鸦的饵食。万事皆由前世因缘而起。就由我给他下葬吧——啊，这是怎么回事？这法师的嘴里竟开出了洁白的莲花。说起来，自来到此处起，便一直闻到异香飘浮。想来以为他是疯子，其实是个尊贵的上人。我不明就里，对他口出妄言，实为己身之过。南无阿弥陀佛，南无阿弥陀佛，南无阿弥陀佛，南无阿弥陀佛。

竹林中

一

判官审讯樵夫的陈词

事情是这样的。发现那具死尸的人确实是我。今早我像往常一样去深山里砍杉树。在山背面的竹林里看到了那具死尸。地点在哪里？是一片细杉交杂的竹林，没有人烟，和山科的驿路隔了有四五町远吧。

死尸穿淡蓝色水干服，戴着都城流行的揉乌帽子，仰面朝天倒在地上。胸口中了一刀，周身落下的竹叶都被染成了紫红色。不，已经不流血了。伤口也干了。还有只马蝇好像听不到我的脚步声一样，紧紧地叮在死尸身上来着。

您问有没有看到刀剑什么的？没有，什么都没看到。只有死尸旁边的一株杉树脚下丢着根绳子。再就是——对了，除了绳子，还有一把梳子。死尸身边就这两样东西。草叶和竹叶被踩得乱七八糟，那男人被杀前肯定激烈反抗过。嗯？有没有马？那地方马进不去。马能走的道在一丛竹林开外。

判官审讯云游法师的陈词

我昨天确实见过那个死亡的男人。昨天的——嗯,差不多正午时分吧,在准备从关山前往山科的途中碰到的。那男人和一个骑马的女人同行,往关山方向走去。女人蒙着头纱,不知长什么样。只能看到衣服的颜色,好像是紫色罩着蓝色。马是桃花马[①]——好像剃过毛吧。多高?有没有四尺四寸?——我是个出家人,不太懂这个。那个男人——佩了刀,还带了弓箭。他背着黑色的箭囊,里头插着二十多支羽箭,这个我到现在还记得清清楚楚。

真是做梦也没想到那个男人会遭遇这样的事情。人的性命诚然如露亦如电啊。唉,怎么说呢,真是可怜。

判官审讯放免的陈词

我抓住的那个男人吗?确实是多襄丸那个有名的大盗。不过我抓他的时候,他大概是从马上摔下来了吧,正躺在粟田

[①]桃花马:毛色为白中带有红点的马。

口的石桥上痛苦地呻吟。什么时辰？是在昨晚的初更前后。先前让他跑了的那次，穿的也是藏青色水干，佩带金银片装饰的长刀。唯独这次如您所见，又多了弓箭之类的。是吗？那死掉的男人也是带的弓箭——看来杀人的必是这多襄丸无疑。皮革弓，黑漆箭囊、十七支鹰羽箭——全是死者的东西吧？对，马也同您说的一样，是匹剃过毛的桃花马。被那马摔下来，其中肯定有些因由。马当时拖着长长的缰绳，在石桥稍往前一些的地方吃路边的青芒草。

多襄丸这家伙在京都一带的众贼人当中是出了名的好色。去年秋天，一个来拜佛的小姐和随行的女童子齐齐在法皇寺宾头卢①像后头的山上遇害，犯事的据说就是这家伙。多襄丸杀了那男人后，骑桃花马的女人也就此下落不明。还得劳您审审那多襄丸。

判官审讯老妇的陈词

是，死的是我女儿的夫婿。他并非京都人士，是在若狭

---

①宾头卢：佛教十六罗汉中的第一尊者，白发长眉像，民间信仰抚摸宾头卢像祈求疾病痊愈。

国官府当差的武士，叫金泽武弘，年纪二十有六。不，他为人和善，不可能与人结怨。

您问我女儿？我女儿叫真砂，十九岁。她性格刚强，在这一点上不输男人。除了武弘，她从未与其他男人有染。我女儿皮肤稍有点黑，左眼角有颗黑痣，长了张小小的瓜子脸。

武弘昨天和我女儿一起出发去若狭，没想到遭遇这样的事，怎会如此不幸啊。话说回来，我女儿怎么样了呢，武弘的事是没办法了，女儿却还让我担忧不已。老身一辈子就这一个请求，哪怕掘地三尺，也拜托您找到我女儿的下落。我真是恨那个叫多襄丸还是什么的强盗。非但女婿，连我女儿都……（随之泣不成声，没有再说话）

多襄丸的陈词

是我杀了那男人。但女人我可没杀。女人去了哪里？我也不知道。哎，等等。就算再怎么审，不知道的事又从何说起呢？何况事已至此，我也不打算无耻地隐瞒实情。

我是在昨天正午稍过时分遇到的那对夫妇。当时起了一阵风，吹起女人的头纱，我借此瞥到了她的模样。才瞥了一眼——又看不到了，大概也有点这个缘故，让我觉得那女人的脸漂亮得像个女菩萨。就在那一刻，我决定哪怕杀了男人，也要把那女人抢过来。

杀男人不像你们想的那样事关重大。既然要抢女人，就必须杀了那男人。只不过我杀人用的是腰间的刀，你们杀人不用刀，只用权力、钱财，也许只消几句假心假意的话也能杀人。不见血，人还照旧活得光鲜——可即便这样也是杀人。要是看罪孽深浅，还不知道坏的究竟是你们还是我呢。（讥讽的微笑）

要是不杀男人就能把那女人抢过来，我倒也没什么不乐意的。不，其实我当时想的是尽量在不杀男人的情况下抢走女人。然而在山科的驿路上不可能办成这种事，我便跟着他们一路走到了山里。

也没费什么心思。我和那对夫妇走在同一条道上，对他们说前面的山上有座古坟，我挖了那座坟，发现了很多镜子、长刀，我把这些东西埋在山背面的竹林里，免得被其他人瞧见。要是有人想要，多少钱我都愿意卖。男人渐渐被我说动，接下来——你看，欲望这玩意儿是不是很可怕？还不到半个时辰，那对夫妇就驱马和我一起转到了山路上。

到了竹林前，我说，宝贝就埋在这里面，随我去看吧。男的被欲望冲昏了头，自然不可能有异议。可女人都没下马，说就在外面等着。那片竹林很是茂密，女人这么说也属正常。实话说，这简直正中我下怀。我就和男人一起进了竹林，女人一个人留在外面。

刚开始的一段路上全是竹子，走了差不多半町远的时候，看到一片稍微开阔些的杉树林——选在这个地方下手真是再合适不过。我拨开竹丛，像煞有介事地撒谎说宝贝就埋在杉树下。男人听我这么一说，奋力往能看到细杉树的方向前去。竹丛渐渐变得稀疏，几棵杉树并立在地上———到此处，我猛然将男人按倒在地。男人自己也佩了刀，想来应该很有些力气，被我来了个突袭又怎么可能坐以待毙。我立时就将他绑在一棵杉树下。绳子哪里来的？盗贼随时都可能要翻墙，以备万一，我腰间常年缠着绳子。当然，为了不让他出声，我还往他嘴里塞了把竹叶，除此以外再没费其他工夫。

搞定了男人，我又跑到女人那边，说男人突然急病发作，让她去看看。不消说，这回又正中我下怀，女人摘下斗笠，被我牵着进了竹林深处。然而进去一看，男的被绑在杉树脚下——女人刚看了一眼，唰一下拔出匕首，也不知道什么时候从怀里取出来的。我还从没见过那么刚烈的女子。当时但凡掉以轻心，恐怕就被刺中侧腹了吧。我闪身一躲，女人继续不管不顾地挥匕首过来，这个时候受什么伤都是有可能的。但我可是多襄丸，刀也没拔，周旋一番，终于打掉了女人手里的匕首。再怎么刚强的女人，一失去武器，那就无计可施了。我最终得偿所愿，在不取男人性命的情况下得到了那女人。

不取男人的性命——是的，我根本没打算杀死男人。然而正当我准备丢下伏地哭泣的女人，逃出竹林的时候，女人突然发疯一样死死揪住我的胳膊，还断断续续地喊叫着，仔细一听，说的是要么她死，要么她丈夫死，两个人中必须死一个，在两个男人面前丢了脸面，比死还不如。其间又上气不接下气地说，我和她丈夫哪个能活下来，她就跟着哪个。就在那时，我猛一下对男人起了杀心。（阴险的兴奋）

说到这里，你们肯定觉得我比你们还残忍吧。然而这是因为你们没看到那女人的容貌，尤其是那一瞬间仿佛燃起火光的眼睛。我一对上女人的眼睛，当即心想就是被雷劈死，也要让她当我妻子。当我妻子——脑海里只剩这一个念头。这不是你们所想的下流色心所致。要是当时除了色心再没想其他的，我哪怕踢开女人也要逃走。如此一来，我的刀也不会染上男人的血。然而在幽暗的竹林中，盯住女人面容的一刹那，我就明白，不杀男人，我就不可能离开。

不过，就算要杀，我也不使下作的手段。我解开男人身上的绳子，说要和他决斗一场。（落在杉树脚下的就是我当时忘在那里的绳子。）男人依旧神色惊怒，拔出大刀，紧接着一句话也没说，愤然飞扑而来——胜负如何不言自明了吧。过到第二十三招时，我的刀刺进了男人胸口。第二十三招——记好这个。唯独对这件事，我到现在还感叹不已。天下能接住我二十招的，这男人是唯一的一个。（快活的微笑）

男人倒下的同时，我垂下染血的刀，立马回头去看女人。而后——你猜怎么着，哪儿都没有那女人的影子。我想着她大概是往哪个方向逃跑了，在杉树丛间搜寻了一番。可竹子的落叶上没有留下任何可疑的行迹。我又竖起耳朵细听，入耳的只有男人喉间痛苦挣扎的声音。

可能早在我刚开始与男人过招时，那女人就为了喊人救命，穿过竹林逃跑了——想到这里，毕竟事关我的性命，我立刻夺过刀和弓箭，迅速跑回来时的山路上。女人骑的马还在那里静静地吃草。后面发生了什么，讲起来就纯属浪费口舌了吧。还有件事，进京都前，我就把刀丢了——该说的都说了。这颗脑袋反正是要挂在苦楝树上的[①]，随你处以极刑吧。（傲然的态度）

[①]平安时代，牢狱门边种植苦楝树，悬挂罪犯的首级。

来到清水寺的女人的忏悔

——那个穿藏青色水干服的男人，在凌辱了我之后，看着被绑住的我的丈夫嘲讽地笑。我的丈夫是多么懊悔啊。然而再怎么挣扎，也只是让勒进身体里的绳子咬得更紧罢了。我不假思索，摸爬滚打地跑到丈夫身边。不，是想跑到丈夫身边。可那个男人突然间将我踢倒在地。就在这时，我发觉丈夫眼里闪烁着难以言喻的光。难以言喻——一想起那双眼睛，现在还忍不住身体发抖。我的丈夫一句话也没说，一切的心思都在那一刹那，通过眼睛传达了出来。他眼里闪烁的既不是愤怒也不是悲伤——只有轻视我的冷光。比起被那男人踢倒，我更像是被丈夫的眼神刺到了一样，忘我地喊叫起来，最后昏迷过去。

等终于醒来时，那个穿藏青色水干服的男人已不知去向。唯一的人迹只有被绑在杉树脚下的丈夫。我好不容易从竹叶上抬起身，立刻就去看丈夫的脸。然而他的眼神和先前没有任何变化，冷淡的轻视下藏着憎恨的光。羞耻、悲伤、恼怒——当时的心情不知怎么形容才好。我摇摇晃晃地站起身，走到丈夫近旁。

"夫君，事到如今，我无法再面对你。我已决意一死。

可是——请你也一起死。你目睹了我受辱,我不能就这么留下你一个人。"

我用尽力气说出这几句话,然而丈夫只嫌恶地盯着我。我按住悲痛欲裂的心口,寻找丈夫的刀,可别说刀了,竹林里连弓箭都找不到,估计是被那个贼人抢走了吧。不过幸而脚边还落了把匕首。我扬起匕首,又一次对丈夫说:

"那就把命给我吧,我很快也会来陪你的。"

丈夫听到这句话,终于动动嘴唇。当然,因为嘴里塞满了竹叶,一点声音也没发出来。可我见了,马上明白了他在说什么。他依然看不起我,只道了声"来吧"。我几乎像做梦一般,扑哧一下把刀捅进穿着浅蓝色水干服的丈夫的胸口。

随后,我应该又一次昏过去了吧。终于清醒着环视四周时,丈夫依旧被绑在杉树脚下,早已气绝身亡。一缕夕阳透过竹林与杉树丛交杂的空隙,落在他苍白的脸上。我咽回哭声,把他身上的绳子解开丢在一边。然后——然后我干什么了?独独这个事,我连说出来的力气都没有。总之,我无论如何都没有一死了之的力气。我拿匕首抵过喉咙,去山麓的池边跳过河,试了种种方法,只要没彻底了断,做的这些也都不值一提吧。(孤凉的微笑)像我这样没用的东西,大概连大慈大悲的观世音菩萨也不想搭理。可杀了丈夫的我,被贼人凌辱的我,

究竟又该怎么做才好呢?我到底要怎么——要怎么——(突然剧烈抽泣)

亡魂借巫女之口陈情

——贼人强占我妻子后,当即坐在地上对她百般劝慰。我自然是出不了声的。身体也被绑在杉树脚下。然而,其间我多次给妻子使眼色。不要把这男人说的话当真,他无论说什么都是在骗你——我想告诉妻子这些。然而妻子默默坐在竹子的落叶上,坐下后就一直低垂视线盯着膝头,俨然是把贼人的话听进去了。我嫉恨难当,拼命挣扎。然而贼人说了一套又一套,巧舌如簧。你的身子既遭玷污,哪怕只有一次,也损了你们两人的夫妻情分。与其这样跟着你丈夫,不如嫁我为妻如何?我正是因为怜你爱你,才犯下这等孟浪之举的——贼人最后竟连这样的话都说了出来。

听到这里,妻子失魂落魄地抬起头来。那一刻的美是我从未见过的。面对眼下被绑住的我,如此美丽的妻子会怎么回应那贼人呢?纵然死后浑浑噩噩,然而每想起妻子的回答,我没有一次不是愤恨翻涌。妻子确确实实是这么说的——"那你随便带我去哪儿吧!"(久久沉默)

妻子的罪过还不止于此。她若只做到这个地步，我也不会像现在这样，落在一片漆黑中如此煎熬。却说妻子半梦半醒般任贼人牵着手，就要走出竹林时，忽然血色尽失，指向杉树脚下的我。"请你杀了他，他如果活着，我就不能和你在一起。"——妻子像疯了一样，一遍遍喊出这样的话语。"请你杀了他！"——这句话犹如一阵风暴，如今还会从遥远的黑渊尽头逆卷而来，试图将我吹落谷底。哪怕一次，人的嘴里可曾说出这样令人憎恶的话吗？哪怕一次——（突然迸发的嘲笑）听到这句话，连贼人都失去血色。"请你杀了他！"——妻子一边叫，一边揪住贼人的胳膊。贼人紧紧盯着妻子，没说杀，也没说不杀。——就在这时，妻子已被一脚踢倒在竹子的落叶上。（再次迸发嘲笑）贼人静静地抱起胳膊，看向我这边。"你打算怎么对那女人？杀她，还是救她？只需点个头就行。要杀吗？"——单凭这几句话，我就愿意原谅贼人的罪过。（再次久久沉默）

在我犹豫的当口，妻子大叫一声，忽然跑向竹林深处。贼人也一下子飞扑而去，却似乎连袖口都没来得及揪住。我像看幻觉一般看着眼前这一幕。

妻子逃走后，贼人拾起刀和弓箭，在绳子上开了道口。"这回轮到我了。"——记得贼人的身影消失在竹林外时，低声说了这样一句话。而后四下寂静无声。不，还是能听到有谁在哭。我边解绳子边竖起耳朵细听。回过神来才发现，这不正是我自己的哭声吗？（三度久久沉默）

终于，我从杉树脚下撑起筋疲力尽的身体。妻子丢下的匕首在我面前闪着寒光。我拿起匕首，刺进自己的胸口。一团腥气从口中涌了上来。然而痛苦却不减分毫。只是心口一冷下来，周遭更为寂静了。啊，那是怎样的寂静呢？这片山背面的竹林上空，一只鸣啭的小鸟都不来。唯有清冷的阳光洒在杉树与竹子的枝头。阳光——阳光也逐渐稀薄，杉树竹子都看不见了。我倒在地上，陷入深重的寂静之中。

这时，有人轻手轻脚地走到我身边。我想看清来人是谁。然而不知何时，四周弥漫开一片昏暗。来人——那个来人用看不见的手轻轻抽出我胸口的匕首。与此同时，我的口中再度涌起一股腥甜。自此，我便永久沉入了黑暗的死境……

六宫公主

一

六宫公主的父亲出身旧皇族，为人因循守旧，不通时势，因此官位止步兵部大辅，未再高升。公主随父母居住在六宫边一座林荫掩映的宅邸里。六宫公主之名正是由此而来。

父母疼爱公主，却持守旧礼，不让公主见人，只在心中暗自期盼有人前来求娶。公主也谨遵父母教诲，端持度日，生活无悲无喜。然而不晓世事的公主也并未觉得不满。"父母身体强健就好"——这便是公主所想。

古池边枝条袅袅的樱树年年开出贫乏的几点樱花。渐渐地，公主也在不知不觉间出落得亭亭玉立。然而一家之主的父亲因长年嗜酒，骤然撒手人寰。祸不单行，过了约莫半年，母亲也因哀叹父亲之死，最终追随父亲而去。公主比起悲伤，更觉走投无路。其实，公主自小养在闺中，除了仅有的乳母，再没有任何可以仰赖的人了。

乳母为公主鞠躬尽瘁，拼尽全力操持家业。然而家中世代相传的螺钿匣子、白银香炉，还是不知不觉间一件件减少。与此同时，不知是谁带的头，男女众仆也开始偷懒不干活。公主渐渐清楚日子的艰辛，然而如何扭转却非公主力所能及。公主在冷清的厢房里照旧或弹琴或唱歌，同往常没有任何改变，重复着单调的消遣。

于是某个秋日傍晚，乳母来到公主面前，左思右想下说出了这番话：

"我当法师的外甥托我来说，有位丹波前国司还是什么的大人想和您见面。听说前国司大人容貌俊美，心地也好。他父亲虽说继任的地方长官，却也出自公卿之家。您要不要见上一见？总比过这样担惊受怕的日子要好……"

公主隐忍地啜泣起来。委身于那个男人，无异于为了生计出卖肉体。当然，公主也知道世上多的是这种事情。然而如今轮到自己，又格外感到悲伤。公主面对乳母，久久以袖掩面，心中哀怨难平。

二

却说不知何时起，公主开始每晚与那男人幽会。男人性情温良，正如乳母所言，容貌也雅致风流，更是被公主的美迷得神魂颠倒，能把一切抛之脑后，这事几乎任谁都瞧得分明。公主自然也不讨厌这个男人，时常还觉得男人稳重可靠。然而，在拉起蝶鸟幔帐，被灯台的光晃着眼睛，与那男人亲密共处时，却未曾有一夜觉得高兴。

其间，宅邸一点点显出华美模样。黑漆柜子、竹帘焕然一新，仆从也更多了。乳母操持起家业来自然也比从前更有劲头。然而这些改变看在公主眼里，却只觉得孤寂。

秋冬之交时，某个阵雨来临的夜里，男人与公主斟酒共饮，讲了个据说发生在丹波的可怕故事。说是有个行至出云路的旅者在大江山山麓的一户人家借宿。屋主的妻子恰好在当晚平安产下女婴。旅者见一陌生大汉快步从产房中走出来，只留下一句"寿命八年，自尽而亡"，便忽一下没了踪影。其后第九年，旅者在上京途中再次借宿在这户人家。得知家中的女儿已在八岁那年横死，是从树上掉下来的时候，被镰刀戳进了喉咙——大体是这样一个故事。公主听了，不由得敬畏宿命的不可逆转。相比那个女孩，依赖这个男人生活的自己无疑还算幸福。

"世事只能顺其自然。"——公主这么想着，只在脸上露出娇艳的微笑。

抵在屋檐边的松树一次次被大雪压折枝丫。白天，公主像旧时一样弹琴、玩双六棋，晚上则与男人同榻，听水鸟入池的声音。每日不怎么悲伤，也不怎么喜悦。然而公主照旧从这百无聊赖的安稳中寻到了短暂的满足。

可这样的安稳却出乎意料地戛然而止。天气回春的某个夜晚，男人与公主独处时，难以启齿般开口道："今晚是最后一次和你见面了。"男人的父亲在今年的除目①中被任命为陆奥国司，男人也要随同父亲一起前去冰天雪地的陆奥。与公主分别对男人来说自然悲痛难当，然而与公主结为夫妻这种事一直瞒着父亲，如今不好再向父亲挑明。男人叹着气，翻来覆去地说了很久。

"五年后任期就结束了，请你等我到那个时候吧。"

公主早已伏地而泣。即便并无恋慕之情，但与自己视作靠山的男人分离，依然让她悲伤得无以言表。男人轻抚公主的脊背，说了许多慰藉鼓励的话，然而话里带着泪意，模糊了他的声音。

这时，一无所知的乳母和年轻的侍女们送来酒壶和高脚食案。古池边枝条袅袅的樱树绽开了花朵……

---

①除目：这里指官中新任命国司的惯例仪式，为期三天。

三

　　这是第六年的春天。然而去了陆奥的男人最终没有返回都城。其间，仆从们四散而去，走得一个都不剩，公主居住的东厢房也在某年被大风吹塌了。自那以后，公主就与乳母一起住进了仆人房里。说是房，然而又小又破，只能遮挡雨水露珠而已。刚搬来的时候，乳母看着可怜的公主，忍不住潸然泪下，有时却又毫无缘由地只顾着生气。

　　生活的艰辛自不必提。橱柜里的食物早已变成了大米、青菜。公主如今除了穿在身上的，再没有别的中衣、裙裤。缺柴火烧了，乳母就去腐烂的寝殿里剥些木板。然而公主还像过去一样寄情于弹琴唱歌，一直等待着男人回来。

　　那一年的某个秋日月夜，乳母来到公主面前，左思右想下，说出了下面这番话：

　　"大人应该不会回来了。您也忘了他吧。近来有个典药寮①的次官反复和我说想与您会面……"

　　公主听着，想起了六年前同样的一幕。当时的自己何等

---

①典药寮：管理宫中药园、茶园、乳牛等的部门。

悲伤，怎么哭都哭不够。然而如今身心已对此感到疲倦至极。"我只想安静地老朽下去"……除此以外，再没有其他想法。听完乳母的讲述，公主望着冷白的月亮，无精打采地摇摇憔悴的面庞。

"我什么也不需要。生也好，死也好，对我来说都是一样的……"

恰于同一时刻，男人在遥远的常陆国的宅邸里与新妻子斟酒共饮。妻子是常陆国国司的女儿，颇得男人父亲的认可。

"那是什么声音？"

男人像被突然吓了一跳似的，抬头仰望沐浴在宁静月光下的屋檐，不知为何，心中清晰地浮现出公主的身影。

"是有栗子掉下来了吧？"

常陆的妻子如此答道，粗手粗脚地从酒壶里倒酒。

四

男人回到京都，是在第九年的晚秋。进京途中，为避开凶日，男人与常陆的妻子亲族在粟津逗留了三四天。进京时，为了不在大白天里引人注意，特意把时间选在了傍晚。男人在乡下时，也曾两三次派人去京都的妻子那里送信传情。然而信使要么一去不回，幸而回来的，又没找到公主的住处，一次也没带来回信。因此一入京都，思恋之情也更为强烈。刚把妻子送回岳父京都的宅子里，男人连行囊都顾不上收拾，立刻就去了六宫。

去了六宫一看，曾经的四柱大门，桧木铺设的寝殿、厢房，如今悉数不见，剩下的唯有残存的土墙。男人立在草丛中，茫然环顾庭院的旧迹。院中半干的池塘里长出了少许雨久花，在朦胧的新月光华下悄悄聚集起花叶。

男人在记忆中的事务管理所附近看到一座倾斜的木板房屋。走近一看，屋里似乎有人影。男人隔着黑暗，轻声唤那人影。月色下随之蹒跚走出个老尼，好像曾在哪里见过。

老尼听得男人报上姓名，无言哭泣了一阵，而后终于断断续续地说出了公主的境遇。

"您大概不记得我了，我是曾在这府上做事的一个女仆人的母亲。您远去陆奥后，我女儿还在府上继续侍奉了五年左右，后来因为要和她夫婿去但马，我便也在那时和女儿一起请辞了。然而近来总为公主挂心，独自来到京都一瞧，如您所见，宅子什么的全都不见了踪影。公主去了哪里呢——其实我也一样，自先前起就不知如何是好。您应该知道吧，我女儿还在这里侍奉的时候，公主已经过得十分可怜了，简直不知道怎么形容才好……"

男人听完事情的始末，脱下一件里衣递给弯腰驼背的老尼，而后垂下头，默默自荒草中走远了。

五

第二天起，为寻找公主的下落，男人走遍了整个京都。然而公主身处何处，在做什么，并未轻易探得。

几天后的傍晚，男人为躲一阵骤雨，站到了朱雀门前的西拐角檐下。这里除了男人，还有个似是行乞者的法师也在等待雨停。雨水不断在朱漆城门半空激起冷寂的声音。男人没把法师看在眼里，自顾自在石阶上走来走去，借此驱散焦躁的思绪。其间，耳朵里忽然捕捉到一点动静，感觉晦暗的窗格子中似乎有人。男人不以为意地瞟了一眼窗户。

窗户那边，一个尼姑正在照料身上裹着破席子，像是得了病的女子。就是只借着傍晚的昏暗光线也能看出，那女子身形枯瘦得可怕，然而只消一眼已能清楚得知，女子定是曾经那

位公主。男人想唤上一声,然而看到公主凄惨的模样,不知为何竟唤不出声。公主不知男人在场,在破席子上翻了个身,难受地唱道:

"曾同衾枕臂,穿缝风亦觉冷,如今凄凉一人,也已习以为常。"

男人听到声音,情不自禁地喊出公主的名字。尽管艰难,公主还是从枕头上抬起身来,然而刚看了男人一眼,就声音微弱地喊了声什么,再度倒在席子上。尼姑——也就是忠诚的乳母,和飞奔过来的男人共同急匆匆地扶起公主。然而一看露出来的脸,乳母就不说了,连男人都不由得比先前更为慌乱了。

乳母像疯了一般跑到行乞法师旁边,请求法师为临终的公主念经祷告。法师依乳母所求,在公主枕边落座,却并没有诵读经文,而是对公主说了这样一番话:

"往生非人力可为之事,请您自己念诵阿弥陀佛的圣名,莫要懈怠。"

公主被男人抱在怀中,细微的声音开始念诵起阿弥陀佛,而后立时恐惧地盯着城门的天井。

"啊,那里有辆燃烧的牛车……"

"您不用害怕那样的东西,只需念诵佛陀名号即可。"

法师鼓励公主继续说下去。于是片刻后，公主又半梦半醒地低喃出声：

"能看到金色的莲花，像宝盖那么大的莲花……"

法师欲言又止。这回反倒是公主接着断断续续地说了下去：

"莲花不见了，只剩下一片黑暗，有风在吹。"

"请您专心念诵佛号。为何要分心？"

法师几乎像呵斥般说道。然而公主只来回重复着同样的事，看着像是快没气了。

"看不到——什么都看不到。黑暗中只有风在吹——只有冷风在吹。"

男人和乳母忍住眼泪，口中连声念诵阿弥陀佛。法师当然也双手合十，帮着公主一起念佛。在这交错的念佛声中，躺在破席子上的公主渐渐失去了生气……

六

几天后的一个月夜，劝言公主念佛的法师依旧一身破破烂烂的法衣，在朱雀门前的拐角下抱膝而坐。一个武士悠然唱着什么，从月光照耀的大路上走了过来。武士看到法师，穿着草鞋的脚停下脚步，随口搭话道：

"听说近来这朱雀门附近能听到女人的哭声？"

法师依旧蹲坐在石阶上，只回了一句话：

"您听。"

武士稍稍凝神谛听，然而除了隐约的虫鸣，没有听到其他任何声音。周遭唯有松香飘浮在夜晚的空气中。武士正欲开口，还没来得及说什么，突然不知从何处传来女人细微的哀叹声。

武士的手抚上大刀。然而声音在拐角上空拖长一阵后，渐渐又消失了。

"您给她念念佛吧——"

法师在月光下抬起头来。

"这是个不中用的女人的亡魂，极乐净土和地狱都不收她。您给她念个佛吧。"

然而武士并不回话，只深深地盯着法师的脸瞧，紧接着大惊失色，在法师面前双手合十。

"这不是内记上人①吗？怎么又在这种地方——"

---

①内记是记录官中事务，起草敕诏的官职。上人是对高僧的称呼。

俗名庆滋保胤,世称"内记上人"的这位僧人,是空也上人①众弟子中德行尤为高尚的一位沙门。

①空也上人:平安中期的高僧。游历诸国修补路桥、庙宇,实施大众教化,世称阿弥陀圣。

在喧嚣的世界里,
坚持以匠人心态认认真真打磨每一本书,
坚持为读者提供
有用、有趣、有品位、有价值的阅读。
愿我们在阅读中相知相遇,在阅读中成长蜕变!

好读,只为优质阅读。

地狱变

策　　划：好读文化	装帧设计：所以设计馆
监　　制：姚常伟	内文制作：尚春苓
产品经理：罗　元　姜晴川	责任编辑：徐　鹏

图书在版编目（CIP）数据

地狱变 /（日）芥川龙之介著；王星星译 . —北京：
北京联合出版公司，2023.2
ISBN 978-7-5596-6536-2

Ⅰ. ①地… Ⅱ. ①芥… ②王… Ⅲ. ①短篇小说—小
说集—日本—现代 Ⅳ. ①I313.45

中国版本图书馆CIP数据核字（2022）第215157号

地狱变

作　　者：[日]芥川龙之介
译　　者：王星星
出 品 人：赵红仕
责任编辑：徐　鹏

北京联合出版公司出版
（北京市西城区德外大街83号楼9层　100088）
北京联合天畅文化传播公司发行
北京美图印务有限公司印刷　新华书店经销
字数140千字　840毫米×1194毫米　1/32　6.5印张
2023年2月第1版　2023年2月第1次印刷
ISBN 978-7-5596-6536-2
定价：49.80元

版权所有，侵权必究
未经许可，不得以任何方式复制或抄袭本书部分或全部内容
本书若有质量问题，请与本公司图书销售中心联系调换。
电话：010-65868687　010-64258472-800